北港香爐人人插

（25週年增訂新版）

李昂——著

二十五週年新版序：最嚴苛挑戰後花朵繽紛 4
漫畫改編版序：跨界跨國的合作 9
——《北港香爐人人插》改編漫畫
〈彩妝血祭〉舞台劇序：小說作者上舞台 18
再版序：寫在《北港香爐人人插》再次出版前 21
初版序：誰才是那戴貞操帶的魔鬼？ 23
序論：性，醜聞，與美學政治 王德威 27
——李昂的情欲小說

戴貞操帶的魔鬼 67
空白的靈堂 105
北港香爐人人插 139
彩妝血祭 195
李昂創（編）作年表 259

—二十五週年新版序—

最嚴苛挑戰後花朵繽紛

李昂

1

一九九七年出版的《北港香爐人人插》，無疑是我的寫作生涯中最嚴苛的挑戰。

一九九七，島內解嚴後十年，島外接軌國際，台灣處於新潮流噴發的時期。八〇年代的突破在壓抑中小心進行，卻也讓九〇年代的創新有了更多底氣。

同志、酷兒、S／M、Transsexual、Transgender，甚至人獸之間，那有在怕的？用反對運動中的女性異議份子來寫系列小說，開始沒受到什麼注意，甚至〈空白的靈堂〉觸及的所謂雙重「國母」，也沒有招致批評。

〈彩妝血祭〉私底下有許多不滿：怎麼可以把二二八悲情的遺腹子寫成有變妝癖？這不是褻瀆了二二八？！

有人更強調在史料上並沒有看到這樣的例子。我的回答是小說不需要是真人真事；而且史料上沒有，並不表示不曾有這樣的事情發生。高壓下的口不能言，不正是那個悲情時代的寫照？

這個談論並沒有上檯面，又是另一種「不能說」？

接下來來到了〈北港香爐人人插〉。小說有近三萬字，投聯合報副刊，主編認為太長，只選大概一萬多字，分四天刊出。

那是個尚無網路媒體的時代，報禁雖解除，兩大報紙媒威力仍在。刊出後其時任職民進黨文宣部主任、黨主席許信良特別助理的陳文茜女士公開直言，〈北港香爐人人插〉的女主角是在影射她。

這是我的小說寫作，第一次與政治相關的力量直接面對。雖然我請陳女士不要來「對號入座」，要把其它尚未刊出的小說部分公開，居然不被採納。眾多自許是文化界的人士，寧可就這刊出三分之一的小說，對我大加撻伐，心態值得探討。

至於陳文茜女士何以來對號入座，這個部分也只有她自己能解釋了。

這是我一輩子遭受最嚴重的攻擊。

但也造成的小說出版後，一個月賣了近十八萬本的銷售量。

二十五年過去，整個事件的始末，相關媒體的報導，開始有資料收集。等全部完成後，會在我的「李昂數位主題館」公布。相信有些部分，可作為對那個時代分析研究的一個面向。

二十五年之後，相關的人、事有人已不在，對於這個小說寫作的素材，在此稍作說明。而小說作者得來解釋素材來源，也真是情非得已。

開放的九〇年代，探討女人是否用身體來換取權力，本來就是我多年寫作女性議題，必然要碰觸到的。就算不是最終，也是最重大的議題之一。

現在終可以明說，小說一開頭，女主角是否到婚禮鬧場，來自當時文壇重要人士的一場婚禮上可能發生、但最終不曾發生的事件。

至於「表兄弟」稱號，表兄弟可以在婚宴坐上幾桌，則是當時黨外朋友互相取笑的戲說。

我相信不少小說作家跟我一樣，零星的取材自時事、社會事件、生活周遭發生的，最基本的仍然是大量的想像與創造，加以虛構完成。

〈北港香爐人人插〉的確匯集我多年在反對運動中所見所聞小小事項，但絕對不可能來自一個人、單一的事件。

往後我被指控是一個影射作家，有人避之唯恐不及。我便常常笑著說：

「你（妳）有這麼精彩到可以寫成小說嗎？」

至於更完整的說法，可能要等到我寫回憶錄吧！

2

在歐洲獲得各種大獎的旅歐舞蹈家林美虹，以〈彩妝血祭〉做為靈感來源，編出《新娘妝》舞劇。二〇一一年，在德國達姆斯國家劇場首演。

我飛到德國看《新娘妝》首演。

在林美虹處理的媽媽與兒子之間劇力萬鈞的糾葛，那打開的一扇門難以面對的真相，情治人員的獰笑……感到小說中我想要表達的，全在舞台上宣洩出來，那樣的感動，讓我淚流滿面。

我不同的小說被改編成電影、電視、舞台劇，我都會說尊重，因為那是另外一種媒介的創作。只有這次林美虹的舞蹈，讓我感到呈現出我小說中最想表達的精神。

我在美國讀的是戲劇，了解看似抽象的舞蹈，因為是舞劇（Dance Theatre），可感受到更清楚的故事線，我會看到我小說的身影。

《新娘妝》隨著林美虹女士任職奧地利林茲國家劇院再次演出，我看到了舞台最前端躺著的死去的兒子臉上的面具，那面具做為表徵的，是多少掩蓋隱藏的悲劇。

這一次，看著最後圍繞著的荊棘的離去，我看到了期待中的救贖。

在舞台上跟著舞團謝幕，面對台下的現場觀眾，我的心中升起的巨大的滿足感，這真的是寫了一輩子的小說最精彩的片刻之一。

而居然要到二〇一九，《新娘妝》才回到台灣，在高雄的衛武營演出。

《北港香爐人人插》則在二〇二二年，由香港因反送中居留台灣的漫畫家柳廣成繪製出版。

漫畫跟著小說的劇情走，但圖像的部分完全由漫畫家創作。完成了之後，我笑柳廣成小心面對性別意識——女主角自慰的畫面仍充滿男性觀點。

漫畫家作此回答：「我畢竟是個男人。」

這兩個小說不同藝術形式的改編，真讓我感受到嚴苛挑戰後開出繽紛花朵的喜悅。

而一切，都是值得的。

—漫畫改編版序—

跨界跨國的合作

——〈北港香爐人人插〉改編漫畫

李昂

「女人能用自己的身體來換取權力嗎？」

這是〈北港香爐人人插〉小說要談論的重點。但於一九九七，只在報紙副刊刊登一萬多字（原著三萬字），即在一場我稱之的「對號入座」強大壓力下，被模糊了焦點。

來到了今年，小說出版二十五週年後，當年未被大量討論的這個議題：「女人是否用自己的身體來換取權力」，還值得討論嗎？

值得，因為它仍然被關注。我最近做的大學校園演講，學生引發討論的可以轉成是：雞排妹用乳溝來做物品宣傳，是不是一種物化女性？

一九九七，香港回歸的重要時刻之前，我在自家辦《北港香爐人人插》新書發表會。來台參訪的東京大學藤井省三教教授出席參加，但不解何以在家中辦公眾活動。

我只有解釋，怕有人前來鬧場。

去年「靜宜大學」台文系要參與文化部小說改編漫畫申請，談成了由香港來台漫畫家柳廣成來繪此書。我正寫作一部與神靈相關的小說，立時來到心中的是：

真的一切都是機緣，都跟一九九七那年有關！

一九九七香港回歸，二十五年後，二〇二二年「一國兩制」重大變化，使得曾參與反送中的香港漫畫家柳廣成來台居住，而有了一九九七年出版的小說《北港香爐人人插》繪成漫畫的契機。

立即會被問的是：何以邀請香港漫畫家來畫這部小說？台灣漫畫家不是更能夠了解小說背後的台灣社會政治意涵！

我的理由簡單而且直接：

首先，柳廣成是如此出色的漫畫家，絕對是值得合作的對象。而且能夠畫長篇與政治相關題材，台灣漫畫界並不多見這類漫畫家。

再者，香港漫畫家，而不是台灣漫畫家，可以避免掉如果二十五年後還可能會產生的任何一切糾紛、人情包袱。

跨界跨國合作，更可以有不同的視野。《北港香爐人人插》一書中的另一篇小說〈彩妝血祭〉，在德國國家劇場改編成為舞蹈劇場（Dance Theatre），就有了跨界跨國的最佳詮釋。

一切抵定，開始進行，第一次見面，柳廣成已畫好四十幾頁，他對政治相關的場景，場面調度、畫面掌握極為出色，可是大家擔心情節進展太慢，對現代的讀者注意力不易維持。

我實在喜歡這些畫好的部分，刪掉一些加快節奏會很可惜。小說是我寫的當然深知個中訣竅，便建議他將故事中的一些情節以回溯的方式穿插其中。

聰明如柳廣成，很快的找出現在/過去的交叉方式，而且特別提醒的告訴我，不可以作太多次穿插，會讓讀者混淆。

事先得知柳廣成的藝術家性格，而且他邀約頗多，實際工作，就設下緊迫盯人的政策。

開始了我們每個禮拜四的見面，柳廣成喜愛美食但經驗不多，美食剛好是我的特長，答應他每次前來交稿，便帶他去吃一個特別的晚餐。

初稿的完成，是我請了十三次不同晚餐的結果。

發現他之前畫的長篇作品，大都先有了故事情節安排好再繪製。我們也依照我的小說內容，由他來繪製。

我不過問他要畫什麼，如何畫，雖然人物造型被合作夥伴認為沒有那麼台灣化。比如我小說中的女主角林麗姿，我以為會是長捲髮嫵媚，可是柳廣成畫了短髮，我以為這是跨國跨界合作必然的現象，支持他照他想畫的。

只在我以為與事實不符的地方：比如女主角以看她穿露背裝的裸背來比喻「透明的歷史」，對這類衣服不熟的柳廣成，只畫了一點點裸背，我只好比給他看：露背可以裸到尾椎。

畫面中的裸露是個問題，一開始我們不知道文化局可以接受的尺度，但以創作自由來說，我鼓勵他完全照自己所想，「如果不行的話，再加上一個小內褲好了。」我這樣告訴他。

之後詢問文化局，可以以限制級出版。我很高興沒有一開始就限制這部分的尺度，留下空間畫出許多精彩的畫面，絕對是這部漫畫的重大特色。

果真還是有文化差異，在香港並沒有什麼拜拜的經驗，為了讓他對小說中的神明出巡有所瞭解，由台文系主任黃文成建議，我帶他到艋舺青山宮作田野調查。

整體說來，啊！真是動員的成本浩大。

整體完成後我們還是作了微調，因為畢竟是改編，我希望柳廣成不對於我小說中沒有寫到的部分作太多他自己的創造。因為是一本政治漫畫，我作為原作者，會要原先我想在小說中談的主題，不至被改變。

這涉及到我個人的政治態度，是一件很嚴肅的事情。

這一次合作，問我最料想不到的是什麼？我的回答是：

並非靜宜大學台文系的盡心盡力協助，也不是漫畫家的才華。

而是：

文化部給於創作者的自由。

我們讓一位反送中的香港藝術家，來台灣工作，完成這樣不受限的作品。

作為在八〇年代，曾因為小說被當時政府的新聞局下公文禁止的作家，我真為台灣的民主與自由感到驕傲！

——原載於《北港香爐人人插》漫畫版，大辣出版在「白色恐怖」的戒嚴時期……

這是一場世紀婚禮——
舉辦於首善之都的一級觀光飯店，最頂層的「天外天」。
戒嚴令*禁止所有的集會遊行，
然而，無從禁絕的民間活動除外。
包括這場人們津津樂道的「世紀婚禮」。

146

反二二八
者沉冤得
咔嚓！
咔嚓！
看透明化的歷史。
咔嚓！

是我
睡了他們，
不是他們睡
了我。
而且…
……
……
……
……

女性主義者如何看待女人，
以自己的身體作為向男人贏取權力的策略。

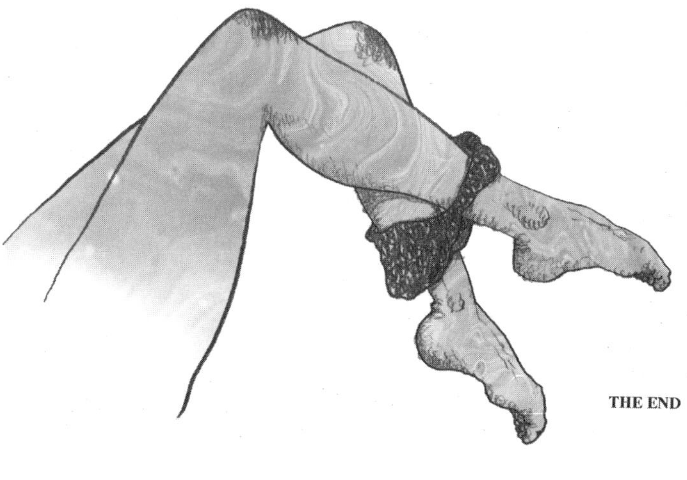

©北港香爐人人插，原著／李昂，漫畫，柳廣成，大辣出版

小說作者上舞台

——〈彩妝血祭〉舞台劇序——

李昂

知道我寫小說，但較少人知道我在美國讀戲劇，還在大學任教多年。所以當我說我作為原作者，要親自上舞台參與小說〈彩妝血祭〉改編成《新娘妝》舞劇的演出時，「真的嗎？」紛紛有人問。

不過請放心，我參加的部分是五十個人的素人群演。真要在舞台上看到我，還得花一點眼力呢！

為什麼要上舞台參與演出呢？

先說小說〈彩妝血祭〉，是個二二八相關的故事：著名醫生新婚之夜隔天，即被逮捕，留下遺腹子。情治人員假偵防之名前來騷擾，眾人皆以為對象是美麗的未亡人王媽媽，但實際上是對年幼兒子。兒子長大繼承父志，也成為醫生。但小說伏筆，從小被騷擾的兒子成為有扮妝成女人癖好的同志。

小說收在一九九七年出版的《北港香爐人人插》一書中，成為四篇小說當中最後一篇。寫了數十年的小說，寫〈彩妝血祭〉時，來到我筆下的情節，恍若挾帶著深重的冤魂冤氣，這樣的暗黑一直騷擾著我。

二〇一一年，在德國達姆斯國家劇場看《新娘妝》首演。那樣的感動，讓我淚流滿面。

第二次到奧地利去看《新娘妝》再次演出，比較能抽離，看到了舞台最前端躺著的死去的兒子臉上的面具，以及新娘們臉上帶著的面具，該是多少掩蓋隱藏的悲劇。

便想要親自在舞台上走一圈，參與整個舞劇的演出，好似完成了一個儀式祭典，藉著戲劇的力量，那暗黑的一切，方會離去。

自告奮勇要加入群眾演員，得到傑出的編舞者林美虹女士的首肯。聽到徵人時有二三〇人來報名，但臨時有兩個人有事不曾出席，變成只有二二八個人來應徵。這樣巧合的數目，聽了之後，不能不為之動容。

參加排練，發現來自不同年齡層、不同背景的五十個人中，有人的家族曾經與二二八有關，有的純粹只是當成一種舞台上的歷練，有的人則拿假期遠從台北下到高雄，住兩個禮拜，不論為何理由，立刻感到極強的向心力，相互間溫暖的照顧關懷與幫忙。在排練的過程，那舞劇有的劇力萬鈞的感人力量，不僅是舞者流眼淚，參與群演的素人們，更不時有人出聲痛哭，一時，大家都紅了眼眶。

歐洲的國家劇場，有最完整的配備，參與其中，自是一個非常好的開眼界與學習的過程。

最重要的，我會說，經過了這悲劇的淨化過程，達到的是種救贖，也是一種終結。我們終將真正的放下。

《新娘妝》七月六號、七號於高雄衛武營演出。

228
228
228
228

—再版序—

寫在《北港香爐人人插》再次出版前

《北港香爐人人插》這部書在一九九七年出版後，由於引發一場大風波，在極短的時間內狂賣了近二十萬本，之後，便一直處在缺書的狀況。除了當中配合出版社為整部套書的精裝本出版，出過一次精裝本。

十幾年後重新出版這本書，有幾個重要的理由：

書中最後一篇小說〈彩妝血祭〉，二〇一一年春將由德國的「達姆斯國家劇院」（Tanztheater des Staatstheaters Darmstadt）改編成為舞劇在德國演出。這是除了二〇〇七年法國的實驗劇團將我的小說〈鴛鴦春膳〉等改編成舞台劇在巴黎上演後，另一次更重要的舞台演出。我個人當然感到十分榮耀，也希望想看原著的讀者至少找得到書。

〈彩妝血祭〉多年以來一直被選入一些合集裏，不乏作為大學的相關教材，通常因選集的篇幅限制，只能節錄，想要一窺全貌閱讀到整篇作品，因為缺書，基本上有困難。

今年五月在中正大學舉行的「經典人物『李昂』跨領域國際學術研討會」，許多人更因為找不到書，抱怨連連。

該是將《北港香爐人人插》再次出版的時候了。

寫這本書的九〇年代中期，正值台灣社會解嚴後的高度開放時期，終於，在華文社會裏，在台灣，可以有如此的自由書寫任何一切題材，作者不需心中自我設限、出版後也不致引起整肅牢獄之災，對像我這樣的作者，自然不會放過機會。

這個時期裏我還完成的另外兩部作品：《自傳の小說》、《漂流之旅》，當然還要加上這部《北港香爐人人插》。可以說是我寫作過程中最不設限、勇於深入探索禁忌的最深內裏、放任自己挑戰最大尺度的嘗試。

其結果，我大致可以說，達到了華文文學創作至今可以有的最開放尺度。對此，除了感謝許多人參與方爭取到的台灣民主與自由，給了我這樣的創作空間；對我個人的創作來說，也不免有幾分自得。這三部作品是我的創作生涯中重大的旅程碑，完成後，方能來開啟下個新世紀個人不同的創作內容與關懷。

感謝九歌出版社多年後重新出版這部小說，台灣這十三年的變化何其大，我個人關注的面相自然隨著整體社會的改變而有不同。因此也希望，少去了一些人、事的困擾，能回歸到當年創作時的原意來討論小說中企圖提出的相關議題。

女性與政治，方興未艾！

李昂　二〇一〇年五月
于台北

—初版序—

誰才是那戴貞操帶的魔鬼？

一九九一年，長篇小說《迷園》出版後，隨著當時局勢的變化，我敏銳的感到台灣逐漸開放的必然趨勢，而政治小說的寫作，也將成為可能。

四十幾年的戒嚴與高壓白色恐怖，作家們被迫遠離現實，或只有寫「內心的世界」，妄想涉入時事，唱〈綠島小夜曲〉是可預期的下場，更不用提創作中的一個大項：政治小說的寫作。

隨著日益開放的時局，我的心勃勃的跳動，那在《迷園》裏只能潛藏的政治主題，終能有機會破繭而出。

而當閱讀到陳芳明先生所著《謝雪紅評傳》時，我向自己說：

這，就是我要的。

以謝雪紅為小說中的主要人物，我著手寫「自傳：一部小說」，開始還算順利，但寫到她自上海被遣送回台，實質參與政治活動後，重重困難湧現。

理由無他，台灣過去近五十年的戒嚴，好的政治小說難覓，對這個前輩作家耕耘不多的園地，較難找到參考的先例。

特別是，我所能閱讀到的政治小說，作者絕大多數都是男性。寫一部男性觀點的政治小說，本非我所欲，我更不想以男性慣有詮釋的方式，來寫隱喻謝雪紅一生的「自傳：一部小說」。

如此，重重的窒礙中，一晃多年過去。

一九九五年晚春，到奧地利開一個有關台灣的會議，順道到東歐一遊，走過開放尚不久的東歐，激起我寫〈戴貞操帶的魔鬼〉一文。

隨著這個短篇小說寫作的過程，一個較大的企圖在我心中成形。

既然尚無能力完成「自傳：一部小說」的政治鬥爭部分；也無心力重新開始寫另一部長篇，不妨用短篇（或中篇）的形式，來連串一系列的storycircle。如此，每個短篇（或中篇）基本上可以獨立，但連在一起，又有一個長篇的效果與形式。

如是，兩年的時間內，我完成了〈戴貞操帶的魔鬼〉、〈空白的靈堂〉、〈北港香爐人人插〉、〈彩妝血祭〉四個中、短篇，建構成「戴貞操帶的魔鬼系列」總題的長篇第一部──《北港香爐人人插》。

既稱做第一部，當然會有第二部，這個系列小說，在計畫中仍有發展的空間。只是限於「戴貞操帶的魔鬼」這樣的一個總題，在選材上會有一定的限制，無法羅列太多近五十年的戒嚴時期中，一些可歌可泣的事蹟。

是的，由於「戴貞操帶的魔鬼」總題的局限，這本書最始初的構想，就並非要彰顯過往為台灣民主犧牲奮鬥的許多崇高的台灣女性，因而，未能花足夠的篇幅描繪在那悲情時代裏，許多堅強、偉大、勇敢的台灣女性。

然這樣說並不代表這本書裏出現的女性角色，就只是戴貞操帶的魔鬼。噢，不！本書中有些女性角色，有血有肉，勇於追求她們所要，在悲情＝犧牲的對女性的桎梏中，活出自己的一片天空，不同的生命意涵。她們在「政治正確」裏也許不夠正面，但卻絕非「負面」的角色。

這四個中、短篇，在寫作中既有意將之串連成一個長篇，在排列的先後順序上，便有起承轉合之效，而做為最後一篇〈彩妝血祭〉中含帶救贖的王媽媽，無疑是個十分正面的角色。作者的自我期許因而是在「戴貞操帶的魔鬼」的下一個系列中，能有較多像王媽媽這類角色，以彰顯那悲情時代裏偉大、堅強與勇敢的台灣女性——她們一直讓我深深景仰。

值得一提的是，閱讀此書時，讀者自然不宜礙於篇名，對書中的女性角色驟下定論，不妨自問：誰才是那戴貞操帶的魔鬼？是白色恐怖下的近五十年戒嚴？是統治者、還是被統治者？是壓迫者還是受迫害者？是小說中的女性角色還是男性角色？或者，是作者？

又或者，那戴貞操帶的魔鬼，根本是每個懷帶意識形態、政治取向、性別族羣等等認同的讀者？

基於這樣的省察，這個系列，便有繼續發展的空間；而作者，所願的無非是繼續「呈現」這貞操帶與魔鬼之間的辯證關係。雖然過程中有些描寫有人或會指稱不夠「政治正確」，但作者所在意的，無非只是：

——文學的「呈現」與文學的「真實」。

性，醜聞，與美學政治

——李昂的情欲小說

王德威

隱瞞與遮掩社會、政治、人性的真實性（當然包括黑暗面），假裝看不到問題而認為問題不存在，即是一種最不道德的行為，是一種虛假與偽善。❶

（揭露社會、政治、人性的真實性，）有時侯我也不會加上太多變動，那是當我十分確信，我寫的不涉及隱私、不會讓當事人不快。❷

——李昂

在她的創作邁入第三十個年頭裏，李昂又一次成為備受爭議的焦點人物。為了一篇〈北港香爐人人插〉，文壇政界熱鬧滾滾。影射誹謗，出醜賣乖，一時眾說紛紜。在執政黨與最大反對黨你儂我儂，不清不白的今天，周旋其間、望盡春風的女政客居然能為了一篇小說，含淚大談清白的重要：要女作家極力撇清之餘，竟越發要蹚這趟渾水。怪世奇談，真是莫此為甚。這場好戲，方興未艾，不由得我不憂喜參半。喜的是，文學市場蕭條久矣，此番一篇（摘要刊載的）小說可以讓「建國妖姬」示範她的讀書方法，引來人人奔相走告。恍惚之間，文字的魅力——以及殺傷力——似乎再度得到印證。憂的是，兩造當事人及一干好事者窮在「純屬虛構」及「對號入座」的兩極間作文章，繼之以聲光色電的媒體推波助瀾。小說到底是怎麼寫的，寫得怎麼樣，反而無人聞問。作家與政客是老舊寫實主義的信徒，還是後現代「奇觀」美學與政治的炒手，其實頗可尋思。夾處在一片喧囂聲中，這類文學問題畢竟是被忽略了。

做為「香爐」事件的始作俑者，李昂果真是無辜的麼？如果今天的民主進步到要再興文字獄，那麼欲加之罪，何患無辭？但另一方面，我們都還記得三十年前李昂的處女作〈花季〉，就是講一個少女自導自演，探索性意識花園的故事。面對禁果的誘惑與禁忌，沒有人可以故作天真；如何因應，尤其牽涉太多感官以外的動機。箇中道理，李昂該比誰都明白。這些年來李昂對這枚禁果描之記之，甚至身體力行，公然噬之吞之，遭受側目，早不在話下。從「人間世」系列到《殺夫》、《迷園》，從「殺豬」代言人到「主席」的情人，李昂一再挑釁，也挑逗，社會道德的尺度，因之受傷，也因之受惠。在這個層面上，她並不無辜。像「香爐」事件所引起的恩怨，成為她寫作必須付出的代價。

但即使大膽無畏如李昂者，也不免有遺憾的時候吧？她一手打造的「香爐」也許火力兇猛，沒兩下子已成了對方借力使力的工具。她要揭露性、權力，與一個新興政黨間的糾結關係，卻與對手一起被矮化成「兩個女人的戰爭」❸。更重要的，〈北港香爐人人插〉只是「戴貞操帶的魔鬼」系列的四個短篇之一，而且未必是其中最佳作品。但有多少讀者願意參看其他幾篇後，才作論斷？再把眼光放遠，「戴貞操帶的魔鬼」系列只是李昂正進行中的寫作計畫。對一位已創作三十年，而且不斷引起話題的作者，又有多少讀者願意回顧她以往的成績，好為她目前的方向定位？也許李昂仍然力有未逮，作品不能引起如其所願的共鳴或爭鳴；也許她面臨的總是個遲疑偽善的讀者羣，使她的創作事倍功半。在她聒噪率性的公眾形象後，我看到一個寂寞的身影❹。

一、性與醜聞的邏輯

打從一開始，李昂的創作就與性及禁忌結下不解之緣。一九六八年十七歲的李昂發表〈花季〉，一鳴驚人。小說寫一個蹺課的高中女生及一名年老而猥瑣的花匠不期而遇，並一塊兒做了段冬日花園之旅。故事結束時，彷彿什麼都沒發生，而女學生已為自己上了生命中最重要的一課。全篇行文寡素，卻在在充滿意淫象徵。如果套用前述女政客的「對號入座」讀法，〈花季〉大約可視為少年李昂的思春告白吧？

學者施淑從李昂長姊的角度，早就指出彼時的作家困於教育、社會環境的壓力，以及體內迸發的青春躁動，於是從文字想像找到發洩的出口❺。而性成為她認識成長、探觸成人世界的重要符號。李昂自己似乎也頗同意這一佛洛伊德式的說法❻。的確，佛老以及其他剛進口的理論及大師，從卡夫卡到卡繆、沙特，在李昂少作中輪番化身上陣，〈花季〉以後的〈婚禮〉、〈混聲合唱〉、〈長跑者〉等皆可作如是觀。既大膽又前衛，李昂小小年紀，儼然已是台灣現代主義末期的新秀了。

今天看來，「花季」系列的作品（均收入七五年版的《混聲合唱》中）當然顯得參差不齊；賣弄存在主義及性心理學的部分也有點與時俱往。但李昂的早熟，以及因早熟所造成的寫作身分與風格的極度不協調，還是值得注意。另一方面，她對家鄉鹿港的迷戀，已經可見端倪。小城逝去的繁華、陰森的舊宅、鬼魅的傳說必定給予她無限想像的線索，到近作依然縈繞不去。說她只能寫性，其實並不公平。早期的李昂以人小鬼大的小魔女（**enfante terrible**）姿態，透視怪誕恐怖的地域及心理風景，才使原本已夠聳動的性議題，陡然有了說部意義。在她最好的作品裏，如〈花季〉、〈婚禮〉、〈有曲線的娃娃〉等，她引領我們進入一個曲折詭媚，瀰漫蠱惑邪祟的世界——那不可言說的性的世界。她代替我們口吐狂言或穢言，坐實了我們羞於啟齒的戒懼及幻想。從這個層次看，小魔女幾乎像是個舞文弄墨的巫者[7]。

「花季」系列之後，李昂的性寫作事業才算正式開張。年輕輕的女作家不寫風花雪月，只寫風月，自然甘冒社會的大不韙。七〇年代的〈人間世〉暴露年輕女大學生對性的驚人無知，以及「輔導單位」的顢頇虛矯；八〇年代的《殺夫》白描合法婚約所默許的性暴力，還有女生自衛（或自慰？）的殺夫狂想；九〇年代的《迷園》揭發性、政治，及國族欲望間合縱連橫的關係，只是幾個最明顯的例子。李昂成了衛道之士鳴鼓而攻的最愛，而她我行我素，並且不斷超越自己：眼前的「香爐」事件真是其來有自。然而話說回來，她的寫作與被批鬥的歷程，竟與台灣這些年性版圖的開拓，若合符節。性別論述如今已成主流，李昂沒有功勞，也有苦勞。難怪她曾振振有辭的說：「現指責我的人，將成為明日台灣文化的丑角。」[8]

但事情並不這樣簡單。李昂一向以「悖德者」的形象捍衛她的創作領域。當她急於辯解誰道德、誰不道德，誰是英雄、誰是丑角時，毋寧令人感到不安。因為她在有意無意間已簡化了性與道德間的對話關係，竟顯得保守起來。做為人之大欲，性可以看做物種繁殖、愉悅，並以之建立互動關係的原始力量。但在任何文明建構裏，性也必須視為一種實踐社會形態的「技術」；它生理的、私密的訴求總已經受限於文化的、公眾的制約[9]。李昂遊走於這兩種定義間，想來多受壓力，也必能更了解性與道德間弔詭的共存關係。當她被控有傷風化時，她未必人格卑下；但當她指稱別人的不道德時，也未必證明她才是道德的先知。

更何況在性的演述言說層面，李昂已扮演了一個極其複雜的角色。經過多年的修練，當年的小魔女早成了豪放女。隨著種種文化及象徵資本的快速交易取予，我以為李昂文字上的放蠱未必不摻雜了文字上的譁眾成分。換句話說，她語不驚人死不休的性文字不只透露了巫者（shaman）的玄機，也沾染了秀者（showman）的計算。我無意貶低李昂創作意圖；她也犯不著為了出風頭而下如此多的賭注。而在這樣一個誇張訊息播散高潮化（或射精，dissemination）及身體奇觀化（spectaclization）的後現代時空裏，誰又不串演多重人格的戲碼？我所注意到的是，透過她寫作策略的逐漸改變，我們得見一位以現代主義起家的作者，如何已加入後現代機器的運作。我們與其把焦點放在她寫了什麼性真理或性道德上，還不如更放在她的精心製作如何被播散、談論、消費上。也正因此，李昂現象仍能教育我們性（與道德）的想像、實踐，及傳述功能，是如此複雜變化，而且早已滲入床笫之外的每個生活角落。

李昂的文體簡約質樸，有時甚至顯得粗糙。很奇怪的，她以這樣的風格描寫性的關鍵活動時，反另有一種露骨聳動的效果。施淑說得對，李昂的小說不以文采取勝，而以發掘問題見長❿。性既成為問題，多半與畸情的、扭曲的男女關係有關。在李昂的世界裏，通姦偷情是尋常題材，我們還看到一心要放棄貞操的女孩（〈莫春〉）、不知道怎麼守住貞操的學生（〈人間世〉）、與學生未婚妻有染的老師（〈轉折〉）、晚節不保、卻又強迫女兒與情人結婚的守寡母親（〈西蓮〉）、虐妻的丈夫、殺夫的妻子（《殺夫》），當然還有那表兄四五十的「北港香爐」（〈北港香爐人人插〉）。性被偷窺化（〈長跑者〉、〈回顧〉）、焚欲化（〈人間世〉）、妄想化（〈有曲線的娃娃〉）、淫蕩化（〈蘇菲亞小姐的故事〉）、春宮化（《迷園》）、自虐虐人化（《殺夫》、《暗夜》），以及死亡化（〈婚禮〉、〈空白的靈堂〉）。性行為發生在破祠堂裏、在屠宰場旁（《殺夫》）、在荒園中、在車上（《迷園》）、在辦公室裏（〈北港香爐人人插〉）、在小旅館破敗的彈簧床上（〈莫春〉），在一切苟且不安的環境裏。

而在短暫的高潮過後，隨之而來的經常是陰鬱慘淡的嘆息⓫，不過如此的虛脫，或更不堪的，被羞辱、被閹割的焦慮，甚至被宰掉的威脅。李昂的世界真是個極不快樂的人間世，她的性描寫理應讓人掩卷悚然。然而就像任何（號稱）警世勸淫的書一樣，越不堪的描寫反而可能成為越煽情的媒介。潘朵拉的盒子一旦打開，能否關上，由不得作者。我們欲望的黑洞如此深邃，作者與讀者的動機同樣難測；偷窺還是寫真、羞惡還是誨淫、衛道還是敗德，不可說，不可說。李昂及她的批評者在論及性與道德的尺度時，因此同樣必須反躬自省。

當各種性問題無法藉由器官的震顫解決時，它們流入身體政治的其他領域，找尋出路。醜聞的迸發是其中一種重要的表徵。「香爐」事件，恰可以置於其下觀之。顧名思義，醜聞指的是骯髒敗俗、下流不堪的傳言，而且多半離不開羶色腥（sensation）的架構。但醜聞的衍生、擴大以及傳布，卻有權屬美學（或文學）的因素⓬。蜚長流短，原本是社會眾聲喧嘩的管道之一。但是某件人事能被繪影形聲的描述，而且引來口耳相傳，甚至奔相走告，則必然暗示了一種敍述——一種故事——過程的形成。醜聞事出有因，卻最好查無實據；它便於你我的加油添醬，想像穿鑿。醜聞的內容也許不堪聞問，一旦鬧大，反而有了理直氣壯的餘地，形成非比尋常（larger-than-life）的奇譚。

醜聞最常與性掛鉤，原因無他，因其恰好跨越私密空間與公眾領域、肉體實踐與輿論傳播、欲力衝動與倫理規範的界限。隱於其下的，正是原欲、語言，與道德的辯證。循著佛洛伊德—拉康（Lacan）一脈的說法，欲望衝刺流動，尋求表達的方式恰如（或只能如）語言般的置換、挪移、偽託。而相對的，做為社會象徵活動的主要媒介，語言又必然指涉約定俗成的條件規範。語言是一種欲望，言有盡而欲無窮的欲望；但語言也是一種倫理，因應社會多數人的權益，不斷作「必也正名乎」的論斷。但如前所述，欲望與道德貌似分處兩極，卻實在有太多暗通款曲的時候。醜聞的消長，恰巧出現在這些環節上。

最明顯的例子應是〈人間世〉：對性一無所知的女大學生與男友初嚐禁果後，茫茫然告訴室友她的經歷。幾經輾轉，傳到了訓導處。因為嚴重違反校規，女學生與男友被處分退學。這個故事當然不止於暴露女學生「近乎無恥的」天真無邪。它更告訴我們性、權力空間，及道德監管技術相生相剋的現象[13]。但兩個人間的事怎麼會鬧得人盡皆知呢？小說最高潮，女學生的男友斥罵她道：「我從沒想到妳居然會做這種事，妳不覺得羞恥嗎？**到處去說**。」[14]這真是言者無心，聽者有意。那檔子事兒原來是做得說不得的，一說就醜了。說不得卻不代表不能說，性醜聞的魅力即在於它以公開的祕密的形式流傳，在於文字言說的快感已暫時取代了我們的性禁忌與性幻想。傅柯（Foucault）和他的從者不早就告訴我們，性的意識及隨之而來的權力與愉悅之爭，泰半建立在言說的基礎上。

醜聞講的是不道德的消息，卻恆以道德為前提。醜聞充滿惡意，卻讓人聞惡則善。所謂「社會共識」的詭譎，由此可見一斑。在〈回顧〉裏，教會學生的女學生對新來的同學避若蛇蠍，因為後者曾與人發生關係。年輕的敍述者雖也心有所懼，卻不由自主的產生好奇。在〈訊息〉中，一樁婚事的三角難題因為其中一個女孩的曖昧紀錄，赫然急轉直下。散播、評點醜聞者說起話來無不義正辭嚴。李昂早期「鹿城」系列中的蔡官、《殺夫》中的阿罔官都是自命貞潔，才有了說長道短的權威。但李昂告訴我們，蔡官是極度性壓抑的犧牲；阿罔官則要不了多久自己成了醜聞的主角。李昂更在〈西蓮〉中嘲諷這樣性與道德間的變態交易。西蓮的寡母虔誠禮佛，一再阻擋女兒的婚事後自己卻與人有染。為了避免醜聞，她強迫女兒嫁給自己的情人，殊不知已造成了更大的醜聞。

而誰又能忘記《暗夜》中的醜聞連環套？哲學研究生陳天瑞向商人黃承德揭發他太太的姦情。黃太太通姦的對象是黃的股市內線葉原。陳自膺是「道德裁決研究所」的創辦人，正從事「道德淨化運動」。他要求黃自暴「家醜」，從而維持自尊與正義。但如此做勢將讓黃失去投機的靠山，他原本岌岌可危的生意也將垮台。陳天瑞掌握了一樁醜聞，以此做為移風易俗的籌碼，而他的絕招是——他宣稱三十歲了，仍是一名處男，因此清白毋庸置疑。但為達目的，不擇手段，陳本人夠道德麼？不僅此也，黃反將一軍，指出陳其實根本是求愛不遂，另有所圖，藉此報復葉原曾奪走他的女友。

我花了較長篇幅說明李昂小說裏的醜聞，不只因為這些情節成為她思考、批判性問題的最佳角度，也更因為李昂小說本身，也往往成為醜聞的焦點，任人渲染附會。而處在小說文本以外的社會敍述架構裏，她的聲音毋寧是矛盾的。我可以理解李昂藉各種性變奏的題材，突出人人視而不見的情欲亂流。但如本文篇頭所引，當她強調真實與道德的必要連鎖時，她讓我想起了《暗夜》中的陳天瑞（咦，李昂自己不也是哲學系畢業生麼？）。李昂當然不齒陳天瑞之流的虛矯——至少她絕不像我們許多社會賢達，故做永恆處男狀。問題是，她有心要做醜聞終結者，卻無法不被視為醜聞傳布者；她意在旁觀，卻常被誤做是當事人。她性幻想的烏托邦因此不得不總以欲望的迷園出現，糾結環繞，不知所終。而這是否也正說明欲望論述猶疑多變的本色呢？

相傳希臘神話中，少女阿瑞安德妮（Ariadne）知曉怪獸閔諾它（Minotaur）所居迷宮的路徑。她曾手握一捲線球引導英雄西修斯（Theseus）入迷宮深處屠怪。做為現代台灣情欲迷宮的引路人，李昂的意義恐怕不是如她自己所言，直搗問題怪獸的要害，揭發性的本相，而是在於她為我們留下太多線索，最後自己也陷入其間，不能（也不願）全身而退⓯。

回到「香爐」事件，如果李昂確有意持續她的醜聞美學，她應會回答，《包法利夫人》還是《查泰萊夫人》，莎菲女士還是殺夫女士，小說的一脈總與醜聞閒話共相始終。畢竟小說者，「巷議街談」之謂也，難得清潔溜溜。小說吹縐一池春水，引來作者讀者無限張致作狀，從來如此。小說的道德位置，總有疑議，根本毋須撇清。不同的是，世紀末的小說／醜聞更已延伸為多功能的演出事業。以往人人避之唯恐不及的麻煩，如今有人非要往自己身上找，並且以廣招徠。法人有云「醜聞的成就」（succes de scandale），真是古已有之，於今為烈。

二、女性的復仇？

無論李昂的情色寫作怎麼樣的豐富變化，她總是就女性角度才能多所發揮⑯。做為社會、政治、財富、知識，及性別的弱勢族羣，女性所經歷性的誘惑與壓力，從來比男性艱難。早期的李昂處理年輕女子的啟蒙經驗（如〈混聲合唱〉），尤其予人感同身受的震撼。這些女子有的柔情似水（〈回顧〉）、有的懵懂無知（〈人間世〉）、有的抑鬱衝動（〈昨夜〉），卻都注定被辜負的命運。七〇年代作品中，〈雪霽〉寫成熟女性的忘年之戀、〈莫春〉寫都會佳麗的肉體實驗，甚或〈蘇菲亞小姐〉寫崇洋小姐的捨「身」和番，都逐漸顯出李昂開拓更複雜情欲書寫的努力。即便如是，我以為在「不健康、卻寫實」的敍事框架裏，李昂很難再作突破。到了〈她們的眼淚〉一類故事，李昂批判男性色情霸權，筆法已逼近報導文學，但所得十分有限，無非顯示作者自己的吉訶德精神。她的女性角色或許行動上較趨自主，對一己身體的認知終於開竅，但過程是迂迴緩慢的，來自異性的回響是冷淡敷衍的。

一九八一年的〈轉折〉似乎真代表了李昂女性（主義）想像上的轉折。這篇小說的男性中年知識分子與學生的未婚妻發生情愫，後者在婚禮的前兩天自動獻身，之後寄來了自己的日記。有美女投懷送抱，而且完事後像沒事一樣，原是男性制式性幻想。李昂活學活用，讓男性的敍事者閱讀情人的日記，從而有了後見之明：原來故事中的女性才掌握了行動、書寫、說明真相的權力；表面主動的男敍事者其實被貶為一個讀者及轉述者。與此同時，女孩及男敍事者自己的婚姻意義，早已被暗暗顛覆。

〈轉折〉的李昂藉日記暴露女性心事之餘，仍需要一個虛擬的男性讀者／聽眾做為傾訴對象。三年之後寫〈一封未寄的情書〉時，她乾脆讓筆下女子盡訴衷腸後，不再寄出情書。故事裏的情書雖然未寄，李昂卻藉出版形式，讓它昭告天下。情書的原始收件人看不到的，「別人」卻都看到了。情書對象的由一變多，當然揶揄了此一文類的傳統寫法及讀法，而且甚至引來作家如楊青矗者一廂情願的回應，自稱他就是情書收件人。除此，李昂習得後設敍述方法，在故事中一面諧擬「正宗」情書文字的濃情蜜意、陳腔濫調，一面加插大量噪音，質詰、嘲弄文本的言情合理性⑰。敍事策略上，她游移在自說自話及眾聲指涉間，的確留給我們相當的詮釋餘地。

這一「情書」系列的實驗，到〈假面〉達於高潮。其中女作家與女主人翁角色的隱約重合，肉體欲望與文字符號的互為轉喻，在在把後設修辭的遊戲，玩得不亦樂乎。李昂對情欲及書寫間迷離關係的體會，以此為最。從〈轉折〉到〈假面〉的數篇作品，是李昂創作以來最精緻的表現，而且迄今仍然如是。

在〈轉折〉與「情書」系列寫作過程間，出現了備受爭議的《殺夫》。這本小說讓李昂廣博美名或罵名，也在相當程度上使前述有關醜聞的美學爭辯浮上檯面。《殺夫》的故事其實相當簡單。弱女子林市被安排嫁給屠戶陳江水。陳對合法的老婆床上需索無度，床下打罵有加。他甚至以食物來控制林市的身體及意識自由。林市最後被逼得精神耗弱，恍惚中把她殺豬為業的老公當豬殺了。在台灣女性主義方成氣候的八〇年代初，《殺夫》的出現確是應時當令。而李昂得其先機，她敏銳的問題意識亦由此可見。

呂正惠教授曾指出儘管《殺夫》得到不少青睞，骨子裏卻是本單薄的小說；它犯了概念先行的毛病，人物平板，情節失真，總之不夠「寫實」。從寫實主義的標準來看，呂有其見地⑱。但與其把《殺夫》看做是寫實小說，更不如注意它的寓言層次。前面已經提過，到了七〇年代末，「不健康、卻寫實」的敍事模式已成為李昂探討問題的限制。《殺夫》應與「情書」系列等量齊觀，都代表她思考女性、性與道德的新階段，以及她敍述這些問題的新策略。「情書」系列沿用後設文學修辭，嘲弄女男談情做愛位置的不斷變易；《殺夫》則重整李昂對鹿港中邪夢魘式的經驗，以女性的、光怪陸離（female grotesque）的臆想文字，托出兩性交爭的煞氣。《殺夫》的原版（聯經版）與早期寫鹿港女性的「鹿城」系列故事如〈西蓮〉、〈色陽〉等一齊刊出，似也點出李昂對此的自覺。彷彿有了林市女士的操刀殺夫，「鹿城」系列中那些老少怨女棄婦才終於吐了胸中的鳥氣。

學者對《殺夫》的褒貶已屢見不鮮[18]，不須在此贅述。仍可一提的是小說中對性與飢餓的二元處理。食色性也，原不足奇。但李昂看出在一個物質及性靈資源匱乏的社會中，飲食與男女如何可成為傾軋身體的殘酷機制。陳江水飽暖思淫欲，對林市予取予求。而林市為了吃一口飽飯，百般忍受他的攻擊。林市永遠是飢餓的——當這一生存的本能受到威脅，她其他的自衛需求只有等而下之。而陳江水也似乎總是飢餓的，他對女體的要求永不饜足。被還原到欲望的原始層次，這對男女展開了最奇怪的共存（或共亡）關係鏈。陳江水藉食物攫取林市的身體，林市靠身體獲得食物。粗暴的交易、勉強的交歡，李昂筆下的兩性婚姻及經濟生活，何其慘淡恐怖。

循著女性主義的議論，我們可說《殺夫》透露了傳統社會對女性身體、法律，及經濟地位的操控。這種仇視女性（misogyny）的態度終以性的暴力行為演繹出來。而如果依從佛洛伊德式學說，吃與說這兩大口腔功能，林市都無從受惠[20]。她的痛苦不只來自沒得吃的，更來自有口難言，或說了也沒人聽。她在夜半被強暴的聲聲呼號，成了對男性社會唯一淒厲的控訴。而當這嚎叫也被惡意曲解成叫床的醜聞時，林市淪為自願不發聲的婚姻受害者——由此導致最後她精神的全盤崩潰。

林市所不能說的，由女作家代她寫下千言萬語。李昂對弱勢姊妹的關心，躍然紙上。但她自己的敍述位置，成了我們下一步探詢的焦點。她對性暴力的白描，固然令人髮指，一再重複加料後，卻讓我們懷疑她是否已不自覺的玩起S／M紙上遊戲來了。巴他以（**Bataille**）早就注意到情欲、暴力、死亡間難分難解的關係[21]，是性的想像與實踐的終極黑洞。李昂從女性正義的觀點下手寫《殺夫》，卻碰觸到正義論述無從完全解釋的欲望迷陣。她能自圓其說麼？或靠什麼自圓其說？這應是閱讀《殺夫》更有趣的話題。

《暗夜》是李昂繼《殺夫》之後的另一個中篇，場景則從陰森古怪的鹿城（鹿港）移到台北都會。這回李昂要處理的，是中上階級紊亂的男女關係，而花花世界裏流動輪轉的情欲，又被投射到無孔不入的商業關係上。情場上的偷情苟合與商場上的投機暗盤環環相扣，互為表裏。這是為什麼當前述的哲學研究生陳天瑞強迫黃承德揭露自己戴綠帽子的醜聞時，必將引起骨牌效應的後果。

《暗夜》寫得短小精悍，人物的動機以及情景結構都比《殺夫》更為可取。李昂筆下股市的買空賣空，還有股市內外的爾虞我詐，令我們想到三〇年代作家茅盾有名的商戰小說《子夜》。不同的是，李昂沒有後者那麼龐大的歷史視景及意識形態依歸，又失去對青商會道德制裁力量的信心，似乎使她批判的初衷找不到著力點。但即使是在《暗夜》這樣一部自然主義式作品中，李昂對邪祟巫魅的興致未嘗稍減。在小說人物一切機關算盡後，冥冥中的一股宿命力量悄然掩至㉒。黃承德的妻子因姦成孕，求法師指點迷津的一場，讀來毛骨悚然。然而寫接著的墮胎一景，又將我們拉回現實：女人的宿命豈在天意，不負責而霸道的男人正是她們的冤家。

《殺夫》描寫女性與宗法建構的衝突，《暗夜》探勘女性與經濟活動的糾結。幾番迂迴後，李昂迎著解嚴氣息，終在《迷園》中，托出女性的政治心事。《迷園》是李昂的第一本（也是到目前為止唯一的一本）長篇。值得我們作如下的細讀。

《迷園》的情節集中在一個女人和一個花園間複雜的感情聯繫。女主角朱影紅生於台灣最古老城市之一——鹿港，她也是鹿港最後一家地主紳士的末代女繼承人。朱影紅幼時隨父母居住在菡園，在那裏她度過了她的童年和少年。菡園曾是台灣最精緻的中式庭園之一，在朱影紅父親生前最後的歲月中曾被短期修復。然而這個花園現已完全破落，面臨被拆毀改建的命運。朱影紅向來希望修葺花園以紀念父祖之輩，但這一願望一直沒有可能實現，直到她遇見並愛上林西庚——一個有兩次離婚紀錄、無所不為的土地開發商。

朱影紅尋找自我及女性性意識的痛苦過程構成了小說的中心，但是這一女性尋求自我的心路歷程只有在朱完成了台灣文化啟蒙後，方能克竟全功。做為台灣反對黨運動的同情者，李昂竭力描繪了台灣在現代中國歷史中所代表的「女性」寓意。但我認為這部小說如果具有可讀性，這並非出於李昂肯定了朱影紅的女性自覺與自決，而是出於她藉小說說明這一自決過程中，所表現的迂迴躊躇的姿態。小說企圖套用女性主義的論式表達一系列被邊緣化的社會政治主張（如台獨、古蹟維護、反土地壟斷），但它結果卻暗示女性主義——至少李昂所理解的女性主義——並不能涵攝這些社會政治主張。女性主義與這些主張也許有戰略上的共同之處，但這並不能保證它們能結合成一種邊緣者的「統一戰線」，也不能說明它們的鬥爭對象有「相同的」中心。事實上它們不僅不能相提並論，而且互相矛盾。隨著小說的發展，社會政治問題似乎把女性問題排擠到邊緣，兀自形成新的中心；而從另一角度來看，女性主義又似乎（至少是象徵的）凌駕於其他社會政治問題，將其邊緣化，以使自己成為無所不在的議題。李昂（或者說她的女主角）渴望重建自己的花園，但正如小說的標題反諷地暗示，這個花園是個迷宮般的迷園。

在菡園失而復得之前，我們的台灣夏娃朱影紅必須經歷一次全面墮落。而正是在這一點上李昂的世紀末想像和她的女性主義觀點匯成一體，造就了小說中最令人費解同時又最吸引人的章節。儘管林西庚是台北出名的花花公子，朱影紅仍與他一見鍾情。李昂一再提醒我們朱林之間的緣分是命定的。林西庚把朱影紅當獵物一般對待，挑逗兼羞辱雙管齊下，有一次他甚至使她跪下拜倒在他勃起的陰莖跟前。由於無法完全贏得林西庚的愛情，朱影紅在狂躁之中轉向他人尋求慰藉。她開始每星期與商人泰迪幽會，後者以他的性欲及做愛技巧在圈中出名。朱藉與泰迪作樂，以解除生理苦悶。當朱影紅最後贏得林西庚後，她發現他經常在床上的無能，因此與泰迪的幽會變得更有必要。

與《殺夫》裏造型扁平的林市相比，朱影紅就複雜多了。她不僅是男性中心社會的犧牲品，更是這一社會的同謀犯。李昂顯然想塑造一個具有女性意識的台灣查泰萊夫人。隨著朱影紅逐步從女性主義立場認識自我及社會，她同時有了新的問題：她不能也不願放棄委身於男性控制時所獲得的自虐快感。在此最有意義的是，早在一次聚會上初見林西庚時，朱影紅就預見了自己的命運。那次聚會有台灣歡場常見的妓女陪酒陪唱節目。當台前的應召女郎唱著悲哀的流行歌曲時，朱影紅突然領悟到：

我們，那風塵女子，歌曲，以及我，我們做為一個女子，對愛情的渴求，為著或不同的原由，被命定始終無法被了解、懂得，與珍惜，無從得到真心的回報。必然的只有被辜負。

既知曉命定要被拋棄，我們，那風塵女郎，那歌曲，以及我，便只有自己先行棄絕情愛，如此，歷經了含帶悔恨的無奈與愁怨，在自我棄絕的心冷意絕中，便有了那無止境的墮落與放縱，那頹廢中淒楚至極的怨懟與縱情。㉓

怨懟與縱情是台灣女性追求愛情的宿命下場。此後朱影紅繼續與林西庚周旋，並隨他玩遍台北荒淫頹廢的聲色場合。他們在院子裏，在溫泉邊，在豪華轎車裏做愛，而在此同時她也不斷回到泰迪身邊，甘願被泰迪當成妓女般的羞辱。

李昂用這種怨懟與縱情的風格刻畫了世紀末台灣慘淡的愛情視景。愛情、欲望和權力相糾結：男人和女人在情欲的戰場上你來我往，互相追逐同時又互相消耗。這使我們必須重新思考小說中最聳人聽聞的性愛場面。林西庚帶著朱影紅去台北附近一個溫泉參加狂歡聚會，兩人都被聚會中的淫戲逗得春情蕩漾。當他們兩人獨處一室時，林西康為了「休息」雇了一個盲眼的女按摩師傅。林、朱及按摩師然後開始玩起一種奇怪的遊戲。按摩師當著朱影紅的面按摩林西庚赤裸的身體，林西庚的性欲儘管受到異乎尋常的刺激，但卻躺著無用武之地。朱影紅利用按摩師的失明和林西庚的被動，在林西庚的身體上大施淫威，這在正常情況下她是做不出來的。按摩師儘管失明，對眼下的情事卻洞若觀火，並從中獲得如臨其境的快感。「三個人同在一起嬉戲，尚不是真正的歡愛，更由於互相牽制，抑遏下愈發不可收拾，便另有著一番春情激引，歡妙刺激。」❷❹

按摩師借按摩之名行刺激性欲之實；朱影紅一邊將身體暴露在按摩師之前一邊與林西庚間接作樂，她的欲望獲得前所未有的刺激；林西庚任由按摩師及朱影紅上下其手不加還擊，為自己的性功能衰退找到藉口，而這種被動姿態戲劇性地使朱影紅暫時能控制他。這個場合春色無邊，但真正的性行為並未發生，到處都充滿了偽裝、戲弄和造作。他們假戲真作的愛撫使他們想像逾越性規範的種種不堪，終把他們送上前所未有的高潮。按摩師力盡而退，林西庚和朱影紅繼續兩人的好戲，暢美難言。

這一性交場面恰如其分地顯示了男人與女人無論強弱，都無法擺脱欲望的鎖鏈，他（她）們在一種封閉的性意識循環中活動，絕難找到出口。對李昂來説，這種欲望和權力的活動僅僅是虛有其表的形式上的活動，因而必須被視為一種頹廢的遊戲。在此發生的純粹是世紀末社會所搬演的權力交換及其瓦解過程。就此我們才能真正理解朱影紅與林西庚及泰迪的關係。面對林西庚的挑逗，她既抵禦同時又迎向誘惑。她時而在林的引誘下與林試驗異乎尋常的做愛方式，時而又從泰迪身上尋求補償。欲望和絕望交替地占據朱影紅的思想，而這兩個男人無意中交替地投射了她的欲望與絕望。由於朱影紅搖擺於（性）解放與（性）墮落的兩極之間，到小說的中間部分我們已不易分清她究竟是引男人上鉤的蕩婦，還是受男人欺凌的怨女。李昂暗示在九〇年代台灣這樣的環境裏，朱影紅對女性自我的追求似乎已經進入絕境。要改變這種絕境，她只有另謀出路。

對朱影紅而言，菡園象徵著這種解脫。荒蕪的菡園包含著朱影紅兒時的記憶以及朱家的祕密，是女性受挫的欲望和台灣被邊緣化的歷史意識的匯合點。為了超越台灣（中上階級）婦女所受的限制，李昂設想出一個在歷史、政治及經濟等所有方面都能給女性展示新前景的象徵性結構——菡園。然而反諷的是，她並沒有使女性衝破世紀末的限制，邁入一個新的女性化的時代；她的女主角其實倒退入上個世紀殘留下來的父權主義制度中。

李昂努力地——或許過分努力地——使菡園成為各種問題的象徵焦點。這座花園兩百年前由朱家富有神祕色彩的女主人興起，是朱家家史起落的舞台。它的存在提醒我們當年台灣地主階級的財富和權勢，大陸精緻文化對台灣的影響，日本占領台灣的辛酸，以及一個毒咒——任何朱家子孫若想改寫家譜都會導致家族的滅亡。另一方面菡園也是朱家所蒙受的屈辱及家道中落的見證。朱影紅的父親曾經在菡園中遭到逮捕，罪名是支持反國民黨的地下活動。獲釋後他以搜集照相機及立體音響了卻殘生。更為重要的是朱影紅成長於菡園並必須不斷回到菡園尋根；只有當她返回菡園後，她和林西庚的感情關係才達到新高潮。

為了擺脱在處理男女性問題上所陷入的複雜兩難，李昂在解釋菡園的象徵意義時，重拾《殺夫》中壓迫者與被壓迫者二元對立的邏輯㉕。比起她描寫台北情欲世界所顯現的耐心和自省，這一轉向毋寧有簡化問題之嫌。在李昂看來，台灣位於中國歷史地理的邊緣，歷來只有土著、海盜、流徙犯人、窮人等被大陸遺棄者聚居。政治上台灣不斷遭受各種殖民主義霸權的欺凌，經濟上台灣過去聽命於大地主而現在則聽命於資本家。可憐的台灣像一個荏弱的女子，從最初的入侵者手裏不斷被轉手，終為國民黨接收。台灣的每一個新主人都在征服舊主人的過程中，攫取越來越大的利益。這樣的邏輯聽來動人，卻使我們無法理解台灣的墮落是否因她失去了最初的純真，還是因為台灣從開始就是男女性權力競爭的戰場，而每次政治經濟霸權的易手，只是更凸顯了這性別之爭的永恆性。

我不是説李昂不應該從女性主義角度來縱覽這些歷史政治問題，她的女性主義立場的確給我們新的啟示。我感到不安的是，李昂有意無意地試圖藉象徵符號的替換，為台灣的問題鋪陳出一條簡單的敍述。我們可以用女性主義的觀點設想台灣被邊緣化（女性化）的歷史及政治地位，但我們不能不承認，台灣「不是」女人，將台灣所有問題「命名」為男人和女人之間的鬥爭並不能解決所有問題。李昂小說所發展的情節與她的初衷常有背道而馳的傾向，我們無法確定她的迷園是個世紀末的女性伊甸園還是個迷魂陣。小說中最大的工程是李昂試圖從政治、經濟、歷史和文化方面將台灣的存在加以女性象徵化，但在建構這一女性政治歷史時，李昂似乎也迷失於自己的藍圖中。

《迷園》藉情境、人物的塑造提出了一連串相關聯的問題，表明李昂是有心作家，也有能力擴展其女性主義視野。然而這並不是說她急於回答的問題都能在小說中得到解決。事實恰恰相反，《迷園》的迷陣使讀者（及李昂？）身陷其中，難以自拔。這使我再想起前述朱影紅、林西庚與那位雙目失明的按摩師做愛場面。也許閱讀這本小說的經驗差近於既放縱又警醒、既清明又盲目的狂歡。這種狂歡吸引了所有參與者，也只有在人人筋疲力竭之後方告結束。做為讀者，我們受到小說中謎樣循環邏輯的影響，越陷越深，無從倖免。我們難以決定究竟要將這部小說視為世紀末台灣的頹廢見證，還是近代台灣史破繭而出的象徵。

三、人人怕讀李昂

影射小說在現代文學中不能算是主流，但也自成一格。赫胥黎（Aldous Huxley）的《旋律與對位》（*Point Counter Point*）是西方早期的名例，而這幾年李維特（David Leavitt）的《當英國沉睡》（*While England Sleeps*），無名氏（Anonymous）的《原色》（*Primary Colors*），也都曾引起議論。魯西迪（Salman Rushdie）更因《魔鬼詩篇》（*The Satanic Verses*）惹禍上身，迫得四出流亡[26]。在中文傳統裏，影射曾是清末譴責小說的大宗。所謂的四大小說中（《老殘遊記》、《二十年目睹之怪現狀》、《官場現形記》、《孽海花》），眾多人物情節皆有所本，讀者按圖索驥，蔚然成風。書商甚至樂得提供虛實人物對照表，以便對號入座[27]。譴責小說之後，又有專以訛詐勒索為能事的黑幕小說。時至當代，朱天心的〈佛滅〉、張大春的《大說謊家》、《撒謊的信徒》，則不妨看做是最新影射實驗[28]。

純從閱讀美學的角度而言，影射小說強烈要求作者、作品與讀者間的互動。作者採擷事實，移花接木，付諸文字，而讀者就著字裏行間的線索，拼湊原貌。影射小說聲東擊西、含沙射影，似乎以歪曲事實為能事，但它的力道卻本於相當傳統的寫實主義論述。儘管虛飾重重，作者其實希望透過作品偽託，傳遞「事出有因」的訊息。讀者方面——包括雅不欲被影射的當事人——也必須先有對某人某事的預期，才好在作品中取其所需，與作者初衷一拍即合。然而更多的時候，作者誤導，讀者誤讀的效果，可能才更切近這一過程的駁雜性。無論如何，在追求真相（或真理）的意欲（**will to truth**）支使下，作者與讀者共謀玩弄頭腦體操的把戲，沒有一方是天真的。反諷的是，影射小說每有其新聞時效性，事過景遷，它的聳動效應消失，原來求之不得的真相常變成無人搭理糟粕。

廣義的文學模擬，都可謂有影射的因素，但影射小說之所以值得研究，因其涉及了美學的政治問題。在資訊流通，號稱百無禁忌的今天，影射小說反其道而行，欲露還遮，形成另一種挑逗。它一方面體現了文學的修辭策略，勝在真假難以捉摸，一方面也暗示了文學的（寫作、閱讀）倫理，畢竟有其界限。越界與否，以及因此引來的後果，都值得考慮。這就連鎖到政治的美學問題。影射小說常以高曝光率人物開刀，因為他（她）們於公於私已經動見觀瞻，自然引來讀者好奇。更重要的，藉揭發公眾人物的言行，小說家及當事人展開了一場追求權力——小自創作自由及維護個人隱私的權力，大至文學建構及政治霸權的權力——的意欲（**will to power**）之爭。將心比心，有誰願意被人醜化為箭靶子？難怪當作者與當事人的認知誤差鬧大後，動機論、誹謗論、陰謀論、「純屬虛構」論，乃至打官司、文字獄，紛紛出籠。最極端的，筆墨是非可以無限上綱成政治鬥爭。五〇年代的香港，少數作家奉左右派黨工指使，猛寫影射小說，互揭對方領導人的瘡疤㉙。文化大革命前後，又有多少原無影射意圖的藝文作品，被四人幫加毛主席看出攀誣構陷的嫌疑，跳到黃河裏也洗不清？影響寫作與閱讀的末流，可以若是。

回到第一節小說創作與醜聞暴露的問題，我們可以說影射小說不必與醜聞為伍，卻很容易成為散布醜聞的方法之一。原因無他，醜聞的魅力即在於其曖昧本質，既勾起言者及聽者無限遐思餘地，又模糊了輿論道德的負擔。影射小說藉著此地無銀三百兩的敍述姿態，欲蓋彌彰，真對極了醜聞美學的口味。前此我提出李昂運用性醜聞的題材，凸顯一個社會的偽善與惡毒。遊走尺度邊緣，李昂往往鋌而走險，而且奉道德之名，義無反顧。她對影射小說的立場又如何呢？在一九八九年一篇短文〈文化界自清：建立作家的道德觀〉中，她居然跳回圈內，同樣以道德之名，斥責不負責任的影射作家。她強調她的作品縱有影射，也確定「不涉及隱私、不會讓當事人不快」。

她指出「有的作家……別有居心，或用此來報私人恩怨（又毋須負法律責任），或者，更可怕的，為了特定的政治動機，不惜用創作來醜化某些人、事」。補救之道，在於作各種抵制，而「用良心來懲治，不失是個有效的方法」㉚。回顧她當年給小說同業的諍言，陷在「香爐」事件中的李昂可能只有苦笑「知易行難」的份吧？我無意捲入事件的口舌之爭，李昂也依然有權堅持她不是影射作家。要強調的是，李昂的矛盾也是我們社會道德論述與實踐的矛盾；揭發或遮飾社會問題的文學不能化約成良心事業，也不能僅歸納為醜聞伎倆。一個有心作家不應只折衝其間，以子之矛，攻子之盾，也更應對矛盾之所以如此，做深切的反省。

《北港香爐人人插》共包含四篇作品：〈戴貞操帶的魔鬼〉、〈空白的靈堂〉、〈北港香爐人人插〉，以及〈彩妝血祭〉。合而觀之，這些作品可以視為九〇年代以來李昂以女性身分，參與反對黨運動的印象與反思。四篇作品中的每一篇都突出一位或數位涉身政治的女性：她們可能是戒嚴時代，代夫出征的悲情活寡婦（〈戴貞操帶的魔鬼〉）；夫死妻繼的烈士未亡人（〈空白的靈堂〉）；解嚴後突然竄起，才色雙全的女民代（〈北港香爐人人插〉）；以及苦守孤孀、命運多舛的獨立運動之母（〈彩妝血祭〉）。這些女性廁身波譎雲詭的政治，沒有一個來頭簡單。有的為了理想，甚至賠上身家性命。她們被捧上聖潔或權力的神壇，實是良有以也。由李昂來寫性、女性與政治的糾纏關係，原不作第二人想。但她不按牌理出牌，再度使人跌破眼鏡。部分角色甚至因為此中有人，呼之欲出，而扯上了影射隱私的鬧劇。

憑她前幾年自己也在政治圈打滾的經驗，李昂的創作初衷應是，政治不能當飯吃。而既要飲食，就有男女，何況飲食男女本身也有政治的層面——瑣碎家常的政治（politic of details），身體的政治（body politic）——政治小說家為什麼寫不得？她所曾協力打拚的政黨十年有成，難道不應內外體檢？革命運動的初期，何等慘烈悲壯。為了政治理想，妻子兒女甚至血肉之軀都可以不顧。既然革命是種激情欲望的政治投射，這激情欲望也必得在私人領域中找尋出路。革命加戀愛，非自今始。而李昂自己何嘗不為黨捐軀，過了段追隨「主席」身邊的日子？如今革命建黨熱潮稍退後，驀然回首，她看出了羣眾運動後的鉤心鬥角，崇高話語（sublime discourse）後的欲望暗流；還有更怵目驚心的，置身其間的女性所經受的種種身心試鍊[31]。

按照道理來講，李昂的創作目標，本應獲得女性（尤其同是圈內人的女性）的理解。為了一個政黨的興趣，女性的犧牲不亞於男性，但除了少數因緣際會外，她們仍然是被辜負了。領域方面，她們或被極端化為禁欲的道德牌位，或貶為洩欲的後勤對象；從悲情到色情，這樣尷尬的地位，也說明了她們在公眾領域裏權力的局限。然而事與願違，「戴貞操帶的魔鬼」系列推出後，首先引起黨內女同志的不滿。公報私仇，「黑函漂白」，小道消息傳不勝傳。如果李昂志不在影射中傷，她大約會嘆息，只看到表面文章的讀者，可惜忽略了那陷這些女子於不義的政黨的道德、性別機器；

只看到某一政黨道德、性別機器運作不良的讀者，可惜忽略了不利這一政黨運作的更大、更惡劣的政治環境。見樹不見林，「香爐」事件以來的爭執，模糊了反對派女作家的目標，徒使親痛仇快。

我卻必須提醒李昂，她創作姿態的弔詭何嘗不像〈北港香爐〉中，她所嘲弄的林麗姿一樣。林麗姿在二二八週年紀念會上，穿著背部透空的性感禮服，勁歌熱舞，一個轉身，她挑逗台下觀眾：「看我！」，「看透明化的歷史。」林麗姿自認以身體顛覆這個那個，好不得意。但做為觀眾，我們看到了什麼？是林小姐的酥胸肥臀？是她身後二二八死難者遺照的背景？還是匪夷所思的後現代悲情娛樂總會？我們看我們想看的，不敢看而又要看的，邊看邊說不要看的：歷史並不透明。同理，當李昂以她赤裸裸的文字做隱喻符號，要求我們「看透明化的歷史」時，我們同樣看得眼花撩亂，真假不分。

四篇作品中，〈戴貞操帶的魔鬼〉寫得較具抒情意味。反對黨代夫出征，當選民代的音樂教師，從對政治一無概念到為政治四出遊走，是怎樣一段波折的蛻變過程。而當悲情成為她被劃定的情感位置，當抗爭成為她被賦予的行動任務，女立委荒蕪了個人的生活。小說從一個女性的榮耀與犧牲，點出一段政治晦暗時期加諸女性的荒謬與殘酷。故事的重點是女立委出遊歐洲，在異時異地下，壓抑已久的情愫重被喚醒。

她與新的對象若有意似無情，誰假正經，誰真動心，誰是那「戴貞操帶的魔鬼」，變得模糊不清。女立委背叛了她仍為民主坐監的丈夫麼？她背叛了她的選民負託麼？在如慕如訴的琴聲中，女立委的幽怨化作聲聲嘆息。

〈空白的靈堂〉則更進一步，探討民主運動未亡人的貞操情結。小說提及兩位為建黨引火自焚的反對派人士，無疑要引來陣陣聯想。為革命而坐牢是當年戒嚴法下的家常便飯；為革命而自焚則沾上強烈宗教殉難色彩，不由人不另眼相看。李昂卻要告訴我們，死者已矣，生者何堪。未亡人為亡夫遺志抹淚再戰，藉著競選公職或參與運動，一座無形貞節牌坊已為她豎起。到底是為夫，還是為黨守貞，再難分清。不僅此也，如果丈夫的私德原不值一提，未亡人也存心再覓情緣，黨意與民意又當如何？

基本上這是個寡婦偷情的（封建）故事新編，加上當代權力、政治與道德的邏輯，變得複雜起來。李昂在小說裏創造了兩位自焚烈士之妻，將絕對變為相對，已有嘲諷之意。她更描寫兩位遺孀各自尋愛的過程。陳倉暗渡，被尊為「台灣國國父遺孀」的一位顯然不比她的對手高明。後者在結尾時，似乎已為自己的感情找到出路。但除了誇張一個黨古怪的「戀母情結」外，李昂實在大可追蹤她人物之間的關係。如果「國父遺孀」藉亡夫得到權力，幹得有聲有色，她的私生活如何是另一碼事；做了不說，也是一種政治藝術。女性主義者的李昂不僅認為貞節牌坊該打破，還要過問該如何打破，未免有點道學。平路的《行道天涯》講的也是位國父遺孀（宋慶齡）的深宮情事，可以做為對比。故事中的添進嫂欲火焚身，看不慣獨立之母的故作清高，兩人之爭成了真小人與偽君子之爭，女性情欲自主的主題反倒被忽略了。但〈空白的靈堂〉鋪展性、死亡、政治間的連鎖誘惑，時有神來之筆。故事中的女作家一晌繾綣後，深夜誤闖進那空白的靈堂，場景極其撼人。李昂在此營造「鹿港式」的怪誕風格，可記一功。

〈北港香爐人人插〉此番全貌刊出，讀者的爭議，已可預期。平心而論，本篇成績不如其他諸作，現因影射糾紛，反而成了注目所在。李昂在虛構角色形貌時，過分貼近現實原型，難怪啟人疑竇。另一廂自認被損及尊嚴的當事人，什麼大陣仗沒有見過，卻為了篇小說頻喊「它抓得住我」，猛上鏡頭，也似乎另有所圖。建國的道路考驗重重，被幾個文字彈丸打下馬來，不禁讓人略帶狐疑的驚喜：文學的力量有這麼大嗎？

小說分為兩部分。上半部敍述女子林麗姿從事黨外運動，為了慰勞鬥士，遍施雨露，卻被那些得了便宜又賣乖的男人嘲為「北港香爐」。下篇「香爐」發威，成了民意代表，但她的大膽言行，又讓自命正派的女性團體視若蛇蠍。性感尤物變成復仇女神，這樣的情節其實道破現階段豪爽女人從政的盲點與困境。細讀起來，我們才發覺李昂的嘲諷也並不留情。小說藉種種加插的雜音（男革命同志的下流笑話，女性前輩的輕蔑批評，女作家的暗自觀察），凸顯林的做為果然容易引起非議。如前所述，李昂一向喜歡處理醜聞醜事，做為探討性與道德的齟齬焦點，這回卻有點未竟全功。小說最應令人關注的是，林麗姿的性交癖好以及她有名的淫聲浪叫，來自她體內不可言傳的痛。男人的交歡不過是她的止痛方式。林為什麼痛徹身心？為什麼以痛止痛？還有她如何痛定思痛，以身體和她的腦袋，爬到男人上面？這其實是原可大加發揮之處。但小說上、下部之間缺乏更有力的銜接。我恐怕更多讀者的注意及爭執將集中在那幾段像念咒般的陽物點名錄，以及女陰與台灣島形的對照表上，當然還有林麗姿洗也洗不完的豬大腸。李昂的寫作到底是走火入魔，還是我們讀者看得魔由心生？

「香爐」事件已經是流彈四射，色情描寫部分無疑是火上加油。我但願〈北港香爐人人插〉是李昂勾勒一個政黨性與政治活動的最低點。李昂安排〈香爐〉做為「戴貞操帶的魔鬼」系列四篇作品的第三篇，似乎有意把它當成起承轉合的關鍵——最墮落的時刻也是救贖的契機。小說最後，林麗姿默看窗外廟會奇詭的遊行行列，顯得若有所悟。但對林及其他男男女女角色，救贖必須要更大的力量來促成。於是有了〈彩妝血祭〉裏的王媽媽。

王媽媽是二二八事件後續迫害中受難者的遺孀。多年以來她投身反對運動，無怨無悔，成了大家心目中的革命之母。王媽媽的獨子醫科畢業，人人稱羨，卻在反對黨紀念二二八週年前夕暴斃。盛傳這年紀念將首度展出當年死難者的照片——他們家屬在領回屍體後，縫補、化妝後所拍的照片。而同時傷心欲絕的王媽媽正在閣樓上為她的愛子化妝，化的卻是女妝。莫不是逝者生前獨有此好？他到底死於什麼？

李昂花了大功夫把創作期間的社會話題組合起來：受難者紀念儀式、愛滋病、性倒錯、新娘會館大火……，應有盡有。短篇小說容納這許多素材，未免鑿痕處處，但我仍以為此作以寓言來看，應別有所獲。全篇李昂呈現的頹廢詭異的色彩，再度喚出她早期的鹿港記憶，那樣的陰慘、那樣的荒寂。台北的繁華其實築在太多亡靈的屍體上，任何肉體聲色的消磨都難逃遇邪走煞的陰影。而國民黨昔日的淫威仍若存若亡，及於謠傳的受難者屍體照片，甚至及於那死於愛滋的醫生。五十年了，我們怎麼超渡那些怨鬼孤魂？李昂必定對正進行的種種塗脂抹粉做法，不以為然，但她也無奈意識到扮裝——扮裝新娘、屍體、病毒、性嗜好、意識形態、新聞、歷史——已是我們社會的時尚。而在扮裝間，歷史以鬼影幢幢的錯覺提醒我們記憶的虛耗，紀念的徒然。已發生的傷痕，是無從再彌補、妝點的。小說最後，人們唯有藉著宗教試圖救贖政治的不義與不公、虛矯與墮落。淡水河上的水燈盞盞，在呼喚亡魂聲中，王媽媽油盡燈枯，落水而死。

無論是悲情還是色情，李昂終算找到了一個角色，超祓台灣反對運動一頁辛酸歷史。「戴貞操帶的魔鬼」諸篇中無所安置的欲望，躁鬱不安的魂靈，才有了歸依的對象。而對寫了這麼多年醜聞惡事的李昂，這是否也意味身心安頓的一刻？我們記得，四篇小說裏，都有個女作家徘徊左右，思考自己的寫作何去何從。而早在〈空白的靈堂〉中，王媽媽就已出現，並且對風流女作家有所點化。

從〈花季〉到〈彩妝血祭〉，李昂三十年的寫作歷程堪稱花邊不斷、多彩多姿。不論毀譽，她的小說畢竟提供了一個獨特角度，見證台灣的性、道德，與政治論述的消長。若沒有了《殺夫》、《暗夜》、《迷園》、〈香爐〉，台灣的文壇還真要嫌太清靜——與太清潔——了一些吧。而在可見的未來，李昂顯然仍會站在風口浪尖，繼續她的風月冒險。但做為批評者，我是否還有勇氣奉陪呢？我是否也會成為她筆下「又一爐」呢？還有她現階段的對頭，是否也等著這篇評論自投爐網呢？白色恐怖已過，桃色恐怖將來。結束本文，我只好鄭重宣布：本文純屬虛構，請勿對號入座。

❶李昂〈我的創作觀〉，《暗夜》（台北：李昂個人系列，一九九四），頁一八二。

❷李昂〈文化界自清：建立作家的道德觀〉，《自立早報·副刊》，一九八九年七月十五日。

❸對台灣媒體界將「香爐」事件簡化為「兩個女人的戰爭」，已有評者不以為然。見如平路〈女人的戰爭？三角的習題〉，《中國時報》，一九九七年八月一日；〈虛假的陽具，真實的刑台〉，《中國時報》，一九九七年八月十八日：林芳玫〈香爐文化：女性參政的反挫力〉，《聯合報》，一九九七年八月二日。

❹李昂：「我有時會覺得寂寞，真的是寂寞，那種被誤解的寂寞，包括旁人由我的小說來猜測再加諸我身上的種種指控，都令我覺得不曾被了解。還好我有我自己的自信，否則，我感到的就不只是寂寞而是否定自己的崩潰了。」見施淑端（李昂）〈新納蕤思解說〉，《暗夜》，頁一七七。

❺施淑〈文字迷宮——評李昂《花季》〉，《兩岸文學論集》（台北：新地，一九九七），頁一九〇—二〇六。

❻林依潔〈叛逆與救贖：李昂歸來的訊息〉，《她們的眼淚》（台北：洪範，一九八四），頁二一〇—二一一。

❼施淑的討論可供參考，見註❺，施也提及六〇年代的流行理論，「像巫術一樣地蠱惑」李昂。

❽李昂〈我的創作觀〉，頁一八五。

❾我當然沿用了傅柯（Foucault）的說法，見*The History of Sexuality*, trans. Robert Hurley（N. Y.: Vintage, 1978）；亦見D. A. Miller, *The Novel and the Police*（Berkeley: Univ. of California Press, 1988）。

❿施淑，頁一九九—二〇〇。

⓫林依潔早已指出此點。見註❻，頁二二五。

⓬R. L. Rosnow and G. A. Fine, *Rumor and Gossip: the Social Psychology of Hearsay*（New York: Elsevier, 1976）. William Cohen, "Sex, Scandal, and the Novel," in *Sex Scandal*（Durham: Duke Univ. Press）, pp.3-8.

⓭見註❾。

⓮李昂〈人間世〉，《李昂集》（台北：前衛，一九九二），頁六八。

⓯這也常是李昂作品的魅力所在。有關李昂與「文字迷宮」的關係，首由施淑提出。見註❺。

⓰見林依潔的訪談，頁二二六。

⓱王德威〈里程碑下的沉思〉，《眾聲喧嘩》（台北：遠流，一九八八），頁二七七—七九。

⓲呂正惠〈性與現代社會：李昂小說中的「性」主題〉，《小說與社會》（台北：聯經，一九八八），頁一六四。

⓳見如林秀玲〈李昂《殺夫》中性別角色的相互關係和人格呈現〉，收於鍾慧玲主編《女性主義與中國文學》（台北：里仁，一九九七），頁二九七—三二四；古添洪〈讀李昂的《殺夫》——譎詭、對等、與婦女問題〉，《中外文學》一四：一〇，一九八六年三月。

⓴James Brown, *Fictional Meals and Their Function in the French Novel, 1794-1848*（Toronto: Univ. of Toronto Press, 1984）, pp.12-13; Louis Marin, *Food for Thought*, Trans. Mette Hiort（Baltimore: The Johns Hopkins

Univ. Press, 1989), pp.35-38.

㉑George Bataille, *The Tears of Eros*, trans. Peter Connor（San Francisco: City Lights, 1989）.

㉒見如奚密的詮釋。〈黑暗之形：談《暗夜》中的象徵〉，《中外文學》一五：九，一九八七年二月。

㉓李昂《迷園》（台北，一九九一），頁四四—四五。

㉔同上，頁二四六。

㉕見林芳玫〈《迷園》解析——性別認同與國族認同的弔詭〉，收於鍾慧玲，頁二七二—七五。

㉖李維特的小說影射了英國詩人史班德（Stephen Spender）西班牙內戰時的自傳經驗；無名氏的小說則以美國總統柯林頓為模本。

㉗見拙作*Fin-de-siècle Splendor*（Stanford: Stanford Univ. Press, 1997）第四章的討論。

㉘見楊照〈「影射小說」在台灣〉，《新新聞》第五四三期（一九九七年八月三—九日），頁四七—四九；又見南方朔〈作家的超越與墮落〉，《中國時報》，一九九七年八月十八—十九日。

㉙南郭〈香港的難民文學〉，《文訊》二十期（一九八五年十月），頁三二—三七。

㉚見註❷。

㉛見Andrew Parker, Mary Ruseeo, Doris Sommer, and Patricia Yaeger, eds., *Nationalisms and Sexualites*（New York: Routledge, 1992）中的諸篇討論。

北港香爐人人插

——戴貞操帶的魔鬼系列

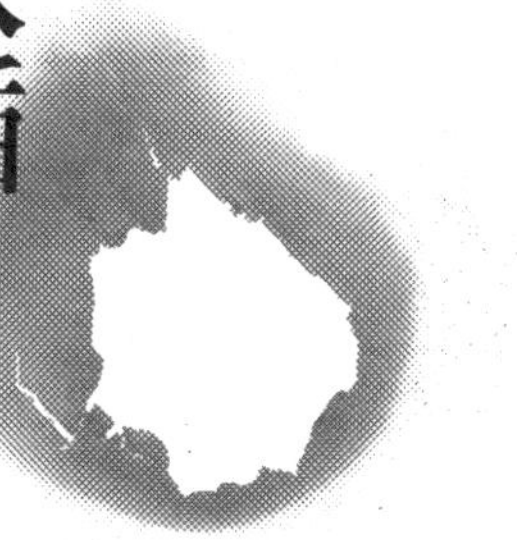

戴貞操帶的魔鬼

1

最始初是一張圖片，一張登在旅遊書刊的圖片。

圖片上可以看出是一座雕像的一部分，一個冷峻的男子，卷曲的頭髮略零亂，赤裸著肌肉纍纍的全身，只正面下體，有一條頂端是三角箭頭的帶子之類東西，從一邊向中間盤旋，三角箭頭正遮住重要部位。

那圖片真引發她興趣，她指著箭頭的所在向一起翻閱書刊的他說：

「這是什麼？」

「這是魔鬼。」他顯訝異，沒料到她居然不曾辨識。「妳沒看到這是一條帶三角箭頭的尖尾巴？看！他頭上還長兩支角。」

她這才看到頭上隆起的角與帶箭頭的尖尾巴。

「魔鬼會是這樣的？」她真正驚奇的說。

他們來歐洲參加一個不再祕密的「黑名單」集會。年前海外籌畫這個會議時，「黑名單」的禁令仍在，流亡海外的異議人士，得循著極危險的隱密管道，才能回到闊別三、數十年的家鄉。

除了少數當事者，沒有人知道這隱密管道是什麼。但一般咸信，島內的集權高壓掌控如此緊迫，由合法關口蒙混進來的可能性等於零。

（的確有異議人士試過，但都原機被遣返。不只島內的掌控嚴密，海外的特務工作顯然也績效斐然。難怪人們私下常說，這些異議志士，一在外地坐上飛機，島內已部署好就等著他們自投羅網。）

回來的唯一管道，因而必然是經由海路，坐飛機先抵一個最鄰近的亞洲國家，再搭小船偷渡入境。

島國雖有大量的軍隊和祕密警察，但四面環海的長海岸線，是天然的屏障，再多的軍隊與警察，也無力全面防堵。異議人士由海洋尋到返回家園的活路。

然「黑名單」返鄉的代價，仍可能是生命。

那搭乘的小船通常載私貨，茫茫大海不知何時會翻覆；最大的危險還在一當被查緝到，一陣騷動混亂中，將異議人士當成走私客，就地處決，再謊稱不及、不知辨識，方是行程中最險要之處。

——死後還得與走私污名牽連。

然畢竟有少數人冒著種種危險，成功的偷渡返鄉，雖然等著他們的仍不知是多少年的鐵窗歲月。

「就算坐牢，也是在自己的家園、自己的土地上。」黑名單上的異議人士如許說。

他們是從島內來的反對黨國會議員，她是立法委員，他是國大代表。他們來到這歐洲的古老城市，為著一個不再是祕密的「黑名單」會議。

那城市像許多歐洲的古老城市，有一條河流貫穿其中，不論是「藍色的多瑙河」、「碧綠的萊茵河」或其他什麼河，河的兩岸成為都市的中心命脈。

有河流便一定有橋，用來接駁兩岸。橋不只一座，有數座，新建鋼筋水泥的長橋上可以通電車、汽車，都市生活的人們；專屬火車通行的鐵橋則行人不宜；而一定還會有一座古老的老橋，幾百年前一直保留至今，石造的厚重橋身仍雄踞於看似溫婉的河面上，但保護措施已然實行，橋只容行人通行，而且，川流的絕大多數是觀光客。

那老橋以它聳立橋身兩邊的雕像聞名於世，雕像大多由數個較真人大的人物組成，傳述的，一定有《聖經》的故事，或地方的風土人物誌。他們像多數觀光客，瀏覽過這一座座雕像，不特別去辨識誰是誰，只感到有若置身一組組歷史嘉年華會。就算是再苦行的聖者血淚，事蹟再輝耀的滿手血腥統治者，貞節聖女的德行，在這歐洲的暖春裏，全成了背景，只成為旅人的那點浪漫遐思、古老氛圍。那兩岸的樹更全綠了，翠綠肥厚的葉子長滿一樹；河堤一片片青草地，間或點綴著各式繁花；一樹樹丁香已盛開，暖空氣裏，若有若無一片軟膩甜香。

如若不是那殷勤一定要作陪的歐洲地區主席，穿行在賣各式小玩物、變魔術、橋頭演奏藝術家之中，仍叨叨絮絮的要談島內政治可能的演變。

他們到來的第一個晚上，便住在那城市的古橋邊旅店，由房間窗口往外望，古橋懸掛的橋身打上璀璨的各色燈光，像是一條夢幻之道，浮騰在黑色不可見的水面上。而對岸經燈光顯現的古堡、山城與皇宮，隔著更遠的距離，燈光不是如此明耀，便詭異神奇，一如精靈夢幻之邦，虛浮在遼遠的夜空。

她邀他過來她房間一起看這從來不曾見過的夜景，因為他住的那一面不臨橋。

他應邀前來，在她房內坐定，談的仍是白天來接待的歐洲部主席與組織遷台相關事宜，然後他極審慎的接道：

「這一趟來歐洲，看一些海外人、事，隔著距離來看台灣，很多問題都比較清楚。台灣接著幾年的變化會很大，像我們這樣的人，搞不好離開台北一個星期，再回去，我們是誰、在做什麼都不重要了。」

他稍一止頓，一改一向小心的措詞，說：

「就像海外這些人，被放逐幾十年，血淚抗爭，當然犧牲奉獻許多，但現在他們能回去了，回台灣又能做什麼呢？」

他抬眼向她為徵詢她的意見，然後發現她顯然不在聽而且毫不在意。

「如果是台北，也有這樣一條河、一道橋，就不需要這樣打燈光，打了也沒用。反正，到處都是人，都是燈，屋裏的燈、路燈，要不還有車燈、霓虹燈。」

她說，一臉神思迷離。

他看著她，這多年來他一逕習慣了的「哀傷的國母」，臉面一片空無。突然之間，他不知再說些什麼。

她當選立委時她的丈夫仍在牢裏，她是那種「代夫出征」的妻子，人民用不記名的選票，高票讓她進立法院，在這之前他們還支持她進國民大會，為著彌補她那傑出勇敢，大逮捕後得坐十五年牢的議員丈夫。

那丈夫在議會裏素有「大炮」之稱。

她則原是個美麗的小妻子，來自中產的島內人家，培養她做中學音樂老師，育有乖巧的一子一女。她主修的小提琴是一般音樂科系水準，但她還愛好所有美麗的一切：日本花道、茶道、文學作品等。

她的家一逕以雅致在圈內聞名。那些從鄉下地方來看她丈夫的人士，不好意思將巨大的、踩在農田的粗糙腳掌，放入她呈上的繡花地板拖鞋，寧可赤腳。他們還大口大口喝那據他們形容「像海藻」的日本綠茶。

「頂頭有一圈泡沫，還說泡沫越幼，段數越高。」他們得意的宣揚這難得的款待。

然每個人尊敬這端淑的女人，為著得「拖」她的丈夫入危險的反對運動，向她深深鞠躬：

「誠にすみません（實在對不住）。」

彷若他們對她良好的出身、她的小提琴、她的花道茶道，都得懷著愧欠。

她是永遠盡責的妻子、母親，從不介入丈夫的政治活動。所有的人都知道她對政治毫無興趣，如若不是大學初戀、純情的愛上那來自農村、苦讀的法律系學生，她絕不可能與政治有任何關聯。

然她是否會為她的一子一女、她雅致的家，牽絆住丈夫不能為反對運動衝鋒陷陣？

沒有人正面談論這個問題，人們吐掉一口檳榔汁，疼惜的說：

「查某人嘛！」

他們未說出口的是：

「攏嘛按呢。」

落地的檳榔汁像一口迸出的血，鮮紅腥色的碎散四濺在地上。

做丈夫的顯然不曾為妻子的柔情牽絆，或者，他甚且毋須做什麼，強權一定得靠持續的大小逮捕維持，「大炮」勢必被冠上「叛國」的罪名，在那場遲早都會發生的聖誕節腥風血雨全島大逮捕中。

原可能是死刑，如果不是國際社會的干預和海外的救援（參與救援的人便是已在黑名單、或將因此名列黑名單）。死刑免除，有人被判無期徒刑，儘管「大炮」是夜祕密接待一個外國觀察團少部分成員，並不曾到聚會遊行現場，仍被判十五年徒刑。

他們遠來自島內，來歐洲這古老的美麗城市，開一個不再祕密的「黑名單」會議，這會議有一個美麗且悲情的代稱：

「鮭魚返鄉」。

是他極力促成她在繁忙的日程中，遠來歐洲開這個會。長年來在海外不斷聲援她丈夫，為釋放他做種種努力的，絕大多數人都名列「黑名單」。就算為了回饋，她也該親自來這一趟。

何況參與規畫「黑名單」返鄉事宜，當這些人回得去，都可援引做她的政治資源。

她自然同意。她由國大做到立委，最為人稱道的，便是她女性的體細用在政治的人際關係。

然在策畫「黑名單」會議過程中（他們用了一個十分動人的名稱：「鮭魚返鄉」），強人逝去，威權體制雖不若預測的快速解體，但繼任者不再有能力採高壓集權統治，「黑名單」終於開始鬆動。

幾經海、內外異議人士努力，就在他們臨來歐洲前一個多月，名列「黑名單」二、三級的人，只要申請，已可取得回自己家鄉的簽證。通常不長，一、兩星期到一個月，但這確實傳遞了會進一步放鬆的訊息。

那祕密會議便不再是祕密，原要做血淚抗爭，甚且不惜仿效鮭魚以死返鄉的壯舉都不再需要。海外籌辦單位決議將「黑名單」訴求改為「遷移回台」，規畫回台後的事宜。

他們面臨是否遠道來歐的選擇，她堅持仍要親自來一趟：

「就算是答謝也要來。」

他的顧慮較多，會議轉了方向，海外談的便是回台內部人事安排，這類機密，雖同樣身處反對陣營，也不宜介入太深太多。

最後折衷為，他們仍如期與會，但打過招呼後，稱難得來一趟歐洲，要略遊玩散心（沒有人會忍心剝奪「哀傷的國母」這樣的要求），他們將跟一個台灣來的旅遊團幾天，再回來參加最後兩天的大會。

2

當她看到那張登在旅遊書刊上的圖片，她何以會指給他看男人（後來她知道那是個魔鬼）、在私處上有三角箭頭的那根長帶子（後來她知道那是尾巴）？

他們當時正坐在一輛遊覽巴士上，朝向另一座古城、另一道橋、另一個教堂。

從台灣來的這個旅遊團體，除了隨團來的領隊，配的當地導遊，也是以前從台灣來的移民。

那導遊是個油滑俊美的男子，一張原十分俊麗的臉，中年加上肥胖後顯得厚重了起來，便有沉沉下垂的雙眼皮、油脂光滑的鼻子、質厚飽滿的唇，還有著雙下巴。

他一路上除了介紹必需的地名、歷史、古蹟，一直都在說各式趣聞，特別是黃色笑話。

原還略有著不安。團裏有不少人認出她來，對她那多年在牢中的丈夫多半心懷同情，雖不見得知曉她「哀傷的國母」稱號，對她所屬的政黨也不會願意表示公開支持，但在一個形同守活寡的女人面前講黃色笑話，是所有略知她過往的人都會感到不忍心的。

然那導遊如此逗趣，窗外的天是高緯度夜裏九、十點才會轉黯的清透藍天，河流是記不住名字的歐洲某一條河流，景物是寒帶春天滿樹新葉的樹林與小山，間雜小小的一幢幢紅瓦小屋，在在與他們來自的煙塵滾滾、四處雜亂無章的島嶼如此不同。

過了最始初的尷尬，每個人都跟著開懷大笑。

她則以往只聽過形容黃色笑話（沒有人蓄意在「哀傷的國母」前講黃色笑話），本猜想必然相當下流露骨，但真聽到了，才知道大部分還很不易懂得，常常一車人哄笑中，她還不知因何而笑。

然她牽動嘴角，附和著、優雅的笑著。

他倒是永遠有最立即的反應，一開始多少礙於她，還不會放聲大笑，但隨著旅遊團無有擔負的氛圍，他不僅只聽、大笑，還同團員一樣，長途車程中，用車上的麥克風講黃色笑話。

只他還記得他的反對黨國大代表身分，他的黃色笑話含帶政治（連政治都可以變成黃色笑話）：

「海峽兩岸通後，有一個台灣青年，到大陸交了一個中國女友，沒多久，就『三通』了。」

聽眾哈哈笑了起來。

「進去了之後，愛國的台灣青年心裏想，通了一個中國女人，便說：『妳被我統一了。』哪知那個中國女人說：『哪裏，我只是將台灣包圍起來，還剩下金門、馬祖兩個彈丸之地在外面呢！』」

她倒聽懂了這笑話，真正歡快的笑了起來，她的笑聲清越，串串有如鈴鐺。

自認得她，他從未聽過她如此笑過。

「哀傷的國母」正式訴諸文字，首次出現在一位親反對黨的女作家一篇有意要感人落淚的隨筆中。

女作家描繪有一回在南下的莒光號火車上，巧遇已當上國大代表的這受刑人妻子。

原拉小提琴的中學音樂老師，進入國民大會，永遠穿著黑色的套裝，一開始，她顯悲愁且生澀，而隨著時間過去，丈夫的釋放更遙遙無期。

她原以為只要進入國民大會，她至少有某種身分、某種聲音，對救援她的丈夫會有所幫助。

她當選後，很快清楚，她只是上千個國民大會代表之一，在強人掌控百分之九十幾的會員，她的聲音不只微弱，還幾至發不出來，即使能出聲，也於事無補。

從這時候開始，她端麗的臉上永遠有著一種絕望的剛毅，她沉穩的、依著稿子（自然是她的幕僚代擬）質詢，溫婉甚且淒涼的聲音問的是最尖銳的生命、人權問題，便有著迫人的悲情氣勢，聲勢奪人。

因同情投票給她的人們，不曾預料她會如此出色的表現，一時，「哀傷的國母」、「悲情的國母」這一類的名稱紛傳。

女作家描繪南下莒光號火車上，感佩之餘不免極力稱讚她為人民做如此犧牲、在國民大會有傑出表現，而她端麗但永遠哀傷的臉龐依著藍色的絲絨靠背，眼光極其遼遠望向窗外，無限企盼的說：

「這些都不是我要的，對我也沒有任何意義，我不偉大也不要犧牲，我只要像以前一樣，我的丈夫在我的身旁，有一個家，還有我們的兩個孩子。」

女作家形容她說話時不曾落淚，甚且眼眶也不曾濕潤，而女作家最後寫道：

我將永遠忘不了這樣一個做妻子、做母親如此卑微、單純，卻難以達成的願望。

車內的黃色笑話會一直持續，因著不只導遊、團員們也一一上前就麥克風講一個又一個黃色笑話，連女性也上場，一位五十來歲的女太太，更是箇中高手。

他們的黃色笑容，可一點不輸給導遊。

缺乏提示（他自然不好意思解釋這得動用到器官名稱、體位等等的笑話），她也無心去分辨那笑話為何黃色為何好笑，便較專注看兩旁景物。

遊覽車原沿著河流行駛，突然之間一轉彎，車行過臨河邊只有幾十公尺的一個小小河中島嶼，那小島小到只夠蓋一幢白色別墅，在碧綠的河流中雅麗迷人，童話一般，她忍不住驚呼出聲，問：

「那是什麼？」

導遊聽到她的問話，職業性掠眼那小小的島，平常的說：

「噢！那是我的家，我忘了跟各位介紹。」

他只一般隨口說，但透過麥克風的音量如此強大，有著不容懷疑的真實感。

「真的?!」有不少人因而齊接口說道。

「是啊！明天下午五點，請到寒舍喝咖啡，碼頭有船，四點半有一班，可以坐船過來，要不，游泳也可以，幾十公尺而已。」

車中一陣靜默，然後一個男聲高聲說：

「別聽他亂蓋。」

導遊笑了起來，笑聲透過麥克風，像朝麥克風吹氣，澎澎出聲。

「我一上車就明白的講，我在車上說的話，下了車就不負責，你們明天要來，那是你們的事，與我無關。」

紛紛有了笑罵，然後才聽到導遊正經的解說：

「我哪住得起這樣的房子，這是一個國王的度假別墅，現在，改成餐廳，聽說還保留皇家菜色、皇家服務。」

那導遊這般玩笑式的不負責任，有若開啟了另一種一切俱可嘗試的可能，車上新的趣點，便是人人開始學導遊說話的方式，做出似真半假的承諾與提議，多半時候，還真難以區分清楚是玩笑或當真，再彼此取笑。

她回過頭向他，他看到她臉上的笑，本以為她也要開個玩笑，然她臉上有種少女式的純真耽溺，一種無邪的嬌憨。然後他聽到她輕柔的在說：

「我小時候看很多童話，看到後來，我差不多真相信『紅舞鞋』的故事，有一段時間，我只肯穿紅色的鞋子，不管家人怎樣威脅利誘，我都不穿他們買給我別的顏色的鞋子。我總以為，只要我繼續穿紅鞋子，有一天，我終會穿到一雙紅舞鞋……。」

她的臉上，持連有著脆弱的愛嬌神采。

「我這一輩子，最想要有剛剛水中那個房子，穿蓬蓬的長裙，走下螺旋迴梯，在大廳跳華爾滋……。」

「太不民主了吧！這年頭還有這種封建思想，我看妳不該叫什麼『哀傷的國母』，該叫……」他仍處在先前的玩鬧中，沒什麼思索促狹接道：「灰姑娘的教母，妳做灰姑娘太老了……。」

然後他為從不會用這種語氣與言詞同她說話，悚然覺察後立即止住話頭。

他被選為國大代表，除了他來自教會，年輕傑出且膽敢在高壓恐怖時期為不公義挺身而出，最主要的，是他曾身為「大炮」的辯護律師之一。

（沒有人會否認，甚且是他。那辯護律師與被捕的「義士」，都是那個苦難時代悲情的象徵，分享著光環。）

他尚還不是那代表「大炮」出庭的大律師，大律師後來自然不只做國大代表，而做了監察委員。他當時只是個律師事務所的助理，因聲援與介入，失去了原有的工作，從此進入反對陣營。

之後幾年，他接任「大炮」當年首創的一本民主雜誌復刊總編輯（雖然那雜誌因必然的一再被查禁，早用盡了「民主」、「前進」、「自主」、「進步」、「展望」等等這類名稱作刊名，但每一回查禁後復刊，儘管名稱不一樣，人們仍知曉這是「大炮」的雜誌，並繼續支持）。

這個文秀的年輕總編輯，以其研讀法律訓練的清晰條理、又擅辯才，成為筆鋒強健的新生代代言人。為閃避強權耳目，他們以雜誌顧問編輯人員為名，集合五個新生代一時之選，成立了「編輯聯合陣線」，在當時的黨外、後來成立的反對黨，結合成一股新力量。

人們稱他們「打擊腐敗五人組」、簡稱「打腐五人組」，後來乾脆封他們為：「打虎五人組」。

老虎是誰，自然不言而喻。

就如同選民支持「代夫出征」的妻子成為國大代表，當幾年後她要轉任立法委員，選民也接受她支持的人選，遞補她在國民大會的職務。

這文秀的辯護律師助理、民主雜誌總編輯、「打虎五人組」成員之一的教會人士，在她的推薦下，成為了高票當選的國大代表。

而黃色笑話終會講盡，或不再如此有趣，那導遊接說起的是追女人的經驗：

「真的，要追女人，只要敢，哪裏有追不上手的。」

全車例常又是一陣哄笑。

「有的時候，連話都不用說。我有一次到馬德里，我的西班牙文，老實說不怎麼樣，坐在一個路旁露天咖啡座，對面有個小姐，長得還不錯。我把waiter叫過來，在餐巾上畫一杯咖啡，指指小姐。waiter會意，送過去一杯咖啡，回頭指指我。小姐接了咖啡，拿起來禮貌的喝一口，還對我笑笑……。」

導遊停下來，有著賣關子的意味，果真，一車人連聲追問：

「然後呢？然後呢？」

「我再坐一下，又把waiter叫過來，畫一張床在紙上，要waiter送過去給小姐，小姐看到是張床，笑了起來。我走到她前面，我們便一起回旅館。」

還留有先前那白色別墅的疑慮，似乎沒有人真正相信，約略一頓，才有人接話，來自後座，車行隆隆聲中不頂清確，只知是個女聲：

「我不相信，哪有這種事，追女生用畫一張床……。」

「信不信由妳。」麥克風強勁的聲音蓋過一切的壓來。「隔天早上，她還教我怎樣搭當地人坐的巴士到機場，比如原來坐計程車要五十美元，坐巴士才五美元，讓我省了不少錢。」

「你不會講西班牙話，怎麼同她溝通？」

那女聲揚高聲音又問。

「唉！小姐，這妳還不懂？那時候還用得著說話，動作過去就是了。」

全車人笑了起來。

「不過說真的，那小姐會一點英文，我英文、德文亂跟她說，加上動作，嫌不夠，還可以再用畫的嘛！」

「那你一定很會畫畫囉?!」那女聲又道。

「畫什麼畫，我只會畫四隻腳的行軍床。」

這回，連她都縱聲大笑了起來。

自識得她以來，他還從未見過她如此開懷大笑，他先是跟著一車人笑，然後，一陣刺心的傷痛湧上心頭。

她絕非自「大炮」被捕後，從此即少現笑容。過了最始初痛楚的適應時期，過了她參選國大代表，一站上政見發表會台，即淚流滿面聲音哽咽的血淚控訴，她的生活逐漸進入另一種秩序。

雖然哀傷從未曾真正自她臉面上消除，但她公開場合落淚的次數越來越少。特別是當她選上立法委員，她問政的政績日獲好評（那質詢稿的資料來自同情的人民、各種管道、具名與不具名，她只需熟讀資料，便可有所表現），人們幾乎忘卻她「哀傷的國母」稱號，要改叫「堅強的國母」。

如若不是她和兩個孩子的分離。

兩個僅讀小學的孩子，於父親被捕後，在學校的處境立即十分困難。

那時候，透過國家全面掌控的平面、電子媒體，持續的渲染被捕的人是「暴力份子」、是「叛國賊」、是「十惡不赦的惡徒」，孩子在學校裏被尚無能力分辨的同學稱做是「暴徒」、「囚犯」之子。

就算不責罵孩子的，也不敢公然伸出援手，只有極少數呵護孩子的老師，還得打著「愛的教育」、「有教無類」旗幟，那時候甚且不敢說「政治不涉教育」。

因為政治就是教育。有些老師在「公民與道德」這類課程，讚揚大逮捕是伸張正義公理、維護道德倫常。

孩子不僅被孤立，還成了國家社會的敵人。

做母親的企圖將孩子送出國，離開這傷害孩子的故國家園，當然被有關當局拒絕了。他們，一家三口，是最好的人質來箝制「大炮」，正如牢裏的「大炮」對他們三人，是最好掌控的籌碼。

然而透過做母親的一再努力，最重要的是，海外「黑名單」分子們聯合世界人權團體，孩子終於以依親的移民資格（他們幸而有外祖父母在美國），到了美國。

失去相互依偎的孩子，做母親的從此臉上再度少見笑容。

他注視著她真正開懷大笑燦爛的笑臉，有片刻居然感到，好似從未見過這個女人。

便是這時候，她指著一直拿在手上翻閱的旅遊書刊上，一張局部雕像的男子全裸圖片，問坐於身旁的他：

「這是什麼？」

「這是魔鬼。」他沒什麼遲延的立即回說。

他來自教會的宗教背景，必然自小便熟識各式宗教圖像，使他毫無困難的辨認出圖片男子頭上的角與帶三角箭頭的尖尾巴。

然她留意到的只是那雕像男子一張十分俊美的臉，卻有著極其冷漠、疏遠的神情；他赤裸的全身肌肉纍纍，充滿力與美，卻在下身處盤纏著一根看似柔軟的帶子，整體上衝突且不協調。

一經指認為魔鬼，她在一頭濃密糾結亂髮中看出有兩支微凸，但確實的角。那帶三角箭頭看似柔軟的帶子，果真是一條尖尾巴。

她這才意識到，她是指著一隻魔鬼下體上掩蓋的尖尾巴，問一個年輕男子那是什麼。而甚且那條尖尾巴，也不全能擋住重要部位，還得靠微內側彎的大腿協助，才免除全然暴露——卻留下更多遐思的空間。

一陣羞赧的紅潮，轟一下襲掩滿臉。

3

她開始戲稱他「魔鬼」，因著他一頭中分鬈纏的頭髮在早晨不及梳理時，隆起兩邊像魔鬼的兩支角。

他習慣遲睡晏起的生活，做國大代表與雜誌總編輯，他有不斷得見的人、商討的事情、夜晚尤其是都市酬酢的時間。而旅遊團早晨七點的morning call，常令他一臉惺忪、一頭亂髮出現在餐桌上。

他頭上的角還不見得固然兩支，有時鬈髮全攏向一邊，便只有一支角，有時候頭髮分成幾堆，便可能出現三、四支角。但多半時候，他有兩支角。

她這才知道他每晚臨睡前一定洗頭髮，經常未全乾即上床，使得頭髮因睡姿的壓擠，每天早上常見不同的形樣。

（如若側睡，長腿微內側彎，便能協助遮掩……。）

她既叫他「魔鬼」，他便喚她「灰姑娘的教母」。

一開始她還驚呼出聲：

「灰姑娘的教母，我有那麼老嗎？」

「妳難道以為自己還可以做灰姑娘嗎？」

她不語，有著突地的驚愕。

他便喚她「灰姑娘的教母」，後來簡稱「教母」，有時候他用英文稱她「godmother」。有一會後他才發現她最不喜歡godmother，因為她不喜歡mother這個字。

在某些方面，事實上她自大逮捕的那個夜晚後，即停止成長。

大逮捕那年聖誕節，她剛滿三十二歲，她是個國中音樂老師、學習日本茶道、花道，還喜愛看文學作品，她是她那個時代的女人，她們自小看《翠堤春曉》這類電影，穿著大蓬長裙走下彎旋的長梯，在水晶大吊燈鋪大理石的宮殿大廳，巧遇一個戴嘉年華會面具穿黑色燕尾服的男子跳華爾滋。

大逮捕後她失去了丈夫，也必得失去所有的情愛、性與家庭婚姻，她知道她只能做「哀傷的國母」，也只有如此，她方能過下去將來臨的每一天、每一夜。

她歷盡人世間的重大傷痛，也在政治中學習到最冰冷的實現，她在這些方面超倍數的快速成長，然在情愛世界裏，她冰封凍結、全然停止。她沒有機會在逐年的婚姻生活中厭倦，在逐年做妻子中疲憊，在逐年做母親中年華老去。

她做女人的情愛與性，永遠中止在她三十二歲的那年聖誕夜大逮捕。

不只她自己設限，她身邊的人亦絕不可能鼓勵。「大炮」在牢裏為人民受苦，做妻子的更該配合這崇高的理念。況且，「哀傷的國母」還有助反對陣營資源、向心力的累積，任何情事一定只有被醜化成為醜聞，代表的，可能是立法委員、國大代表、縣市議員席次的減少。

然後他們忍受她在月亮的陰晴圓缺中幾乎是無法控制的情緒變化，儘管醫生開始給她處方試圖減緩她的劇烈波動，她也極力克制，仍績效不大。

做為雜誌社的總編輯（被查禁、沒收了二十幾次後，現在雜誌名叫《克服》），他自然是她的重要幕僚，他不僅替她分析利害關係，研判各種政治動作，還最懂得如何同她相處。

這反對陣營傑出的國大代表，以筆鋒銳利著稱，畢竟長於文字寫作擅長細膩心思，同她身邊幾個重要的幕僚說：

「當她是個女孩子，哄她，多讓她一點。」

那歐洲正是暖春而且已春遲，鬱金香開遍，丁香濃郁沉重，芍藥燦爛，杜鵑花也滿樹，匍匐遍地的還有三色菫、石竹等小草花。

只還不見玫瑰。

繁花遍處中卻來到這荒落的古堡。建於十一世紀的古堡有高聳的石灰質堡壁，小小的高窗，封閉幽禁；與晚近所建富麗敞亮、氣派裝飾的城堡宮殿，十分不同。

他們原還一路笑談年輕時候的趣事，他自被她戲稱「魔鬼」後，有若魔咒解咒，回復他三十幾歲那一代人的說話方式，既「毒」又「酷」，極盡刻薄挖苦又極逗趣，常招惹她哭笑不得，又全然說不過他，便只有舉起拳頭打他。

偶有時候，她也真會覺得被得罪了，便沉下臉來。他覺察到，換轉各式奉承，但說的俱是玩笑，真真假假不分，她原非真正生氣，很快又展顏歡笑。

然穿行於那古老城堡中，四處俱是高牆小窗，小石塊拼的地面，灰質的牆上全無任何浮雕飾物，灰色陰沉，素樸到極致便有了鬼魅般魔咒的禁錮，彷若真有過往的眾多生靈氣息，仍封存凍結，尚待解禁。

「這裏真像吸血鬼的城堡。」他說。

「所以你魔鬼還可以兼做吸血鬼。」她學習著依他一貫說話的方式來笑弄他。

「不是，我是吸血鬼身邊那隻豬。」

她愉悅的大笑了起來：

「我從來不知道吸血鬼帶豬的！」

「台灣來的吸血鬼當然帶豬，才隨時有豬血湯、豬血粿吃。」

她笑著用拳頭打他，抑制不住的笑使她幾乎全靠在他身上，他伸出一隻手攬住她的肩，道：

「我現在知道叫妳什麼了，妳是『睡美人的教母』，這個教母與睡美人一起沉睡，還未醒來。」

「睡美人的教母等誰來喚醒呢？」她問。

「妳說呢？」他反問。

（始自何時，他不再只談政治？）

那旅遊點的餐廳有人拉小提琴，像吉甫賽或南歐膚色較黑的中年男人（他們分辨不出），一雙深陷的黑眼睛隨琴聲瞇起，或勾魂攝魄的直直盯住，深情至極的望進對方的眼睛，但那深情太容易且用多用久了，不全黑的眼球看來竟十分冰涼。

他演奏的曲子都是些六、七〇年代的老歌（餐廳裏多數是中、老年遊客），還多半是美國歌曲（Unchanted Melody, You've Lost Loving Feeling, Do That to Me One More Time）。

他還演奏華爾滋。

那旅遊點的餐廳有人賣花，清爽的年輕白種女郎，許是暖春，早穿起露出胸背的洋裝，裙襬翻飄。他先看過一個手持一把白色丁香的女郎，然後，喚住另個提一把小籃子的女孩。

女孩從籃中拿出的是一把含葉帶花的白色小鈴蘭Maiglockchen，那字面叫五月小鈴子的小白花串。

他買下兩把。

雖知道是送給自己，她仍感到淚水湧上眼眶（有多久不再有溫熱的眼淚的感覺，那眼中的淚不再永遠冰涼心碎）。接過花先是迎面襲來一陣馥郁濃香，她真正驚呼出聲：「我不知道寒帶也有這樣香的花。」她說得十分紛亂：「不是只有台灣有香花，茉莉、梔子、含笑，噢，還有，還有什麼……。」

他安靜的看著她。

夜裏那束白花小鈴蘭宿泊在前胸，別在低領睡衣的領口。那白花小鈴蘭花串不長，只有六、七公分，一朵朵小小鈴鐺一樣的白花，密密的齊張著小口，搖出一陣又一陣撲鼻的濃重花香。

那花香事實上干擾著睡眠。

（隆起成角狀的一堆、或數堆亂髮，會有淡淡的花香。那幾天是花草香味，她發現是旅店的洗髮精，便也改用它，幾天內便有若全身上下涸滿他的氣息。

她建議用她的乳液，歐洲的天氣如此乾燥，與海島潮濕溫暖截然不同，他的唇乾裂，他的臉面因緊繃輕微刺痛。然他同意使用乳液，不願用她的護唇口紅，認為太女人氣。

他便有著她的氣息，或者說，他們呼吸著相同的氣息因著彼此有相同的香味。但他不似她，只在十分臨近且仔細深聞香味才會出現。稍隔距離，他整個人便只是一種乾淨的氣味，一種肥皂、洗髮精、面霜褪去後乾淨的味道。）

那白花小鈴蘭張著一個個鈴鐺小口，好似就為從中噴吐出香息，濃重的花香，從每個張開的小口湧出，甚且不是一波波、一陣陣，而是呼天喚地無處不在的襲湧而上，便留給口鼻間那種微略窒息的感覺。

那花香事實上干擾著睡眠。

長夜中可感覺到那白花小鈴蘭在前胸被熔暖了。

白花小鈴蘭連同闊長葉片、花串與綠葉棲著乳溝，躺下來胸平坦了，便有若更貼近熾熱的、勃勃跳動的心。白色的鈴鐺像一張張開口的唇，吮觸著裸裎的肌膚，先是冷冷的涼，在等待被充滿中，花瓣圈成的圓口，被勃勃跳動的心催暖潮濕了。

白色鈴鐺飽含熱息，張開的小口些微倦累了，便略捲起一逕張開承接的小口。然翠綠闊葉片仍挺直如新，硬挺的葉片穿過絲薄睡衣，棲在乳溝處（躺下來胸平坦了，也更貼近了），稍一轉動身體，長葉片的葉面貼撫著乳房，葉尖劃過乳頭，隨後葉緣會持續的搔動著乳頭（甚且有若微微的疼痛，那長葉片硬挺如此），而不堪騷擾的乳頭會徐徐豎起（撫觸的如是身體他處？）。

便得維持固定的睡姿，甚且不能隨意轉動，就算不翻動身體，為不至於壓到貼放胸前的小白花串，也只能始終保持平躺，而就算平躺，那白花串與闊邊葉片，貼壓著胸乳，近十公分長長一束（似乎長長了）還帶點重量與迫壓，特別當它就棲放在乳溝處。

那花事實上干擾著睡眠。

（如若側睡，長腿微內側彎，便能協助遮掩……。）

那三角箭頭就在特定的「那」位置上，不可能全然無有知覺，當用手指向它時，也心存有它。

只那三角箭頭如此奇特，還是以手指在紙面上觸及停留，想問的是：為什麼在這地方有這樣的東西？

如若那尾巴不是橫向的由腰腿處盤過來，如若三角箭頭的尖端不是橫向放置，而是垂直的箭頭向上豎起，或甚且三角箭頭往下垂吊，都很容易猜測，那三角箭頭只為做某種象徵。

然一當三角箭頭橫置，便不知究竟為何，只有指著向他詢問。——真只要詢問那三角箭頭？那尾巴？

而如若側睡，長腿微內側彎，便能協助遮掩，或者，因著側睡偏向，整個移向一方，會果真如那三角箭頭，成橫向放置，三角尖端既能橫陳，那尖尾巴當然也能橫向盤纏。

那花事實上干擾著睡眠。

只要一側身，別在前胸的小白花鈴蘭花串與闊片長葉，便齊擺盪向一邊，橫向的花串極易被彎折、壓斷，便只有以手扶正，讓它維持向上豎起、或向下吊掛的姿態。

當清晨的陽光到來，飽吸依附身體的如熔漿洶湧的熱息，那白花小鈴蘭的鈴鐺花身有若也逐漸熱解，分泌出濃稠的黏液，糊滿凹深的花瓣圈圍小口，便不再能張開嘴搖出一波又一波濃香，沉沉的睡去就此不再醒來。

而那闊片長葉，經過一整夜依附熱如熔漿洶湧的身體，一片片的長葉，不再硬挺，軟軟的萎縮下來，那葉緣無力豎直，葉尖也不再能穿刺。

而假期已然結束。

他們來歐洲這古老城市，參加一個不再是祕密的「黑名單」集會。她是來自島內的立法委員。他是國大代表。

原定名「鮭魚返鄉」的祕密會議，本是標示學習艱辛溯流而上，歷經千萬辛苦，終能死於生命源處的鮭魚。流亡海外的異議人士，將研商如何在必要時不惜以生命衝撞「黑名單」禁令，只求能回返闊別三、數十載的家園故國。

在這類聚會裏，他們通常聚在一起吃家鄉的菜肴，炒米粉、肉羹、米糕、魯肉飯是必有的菜色。他們也一定一遍又一遍的齊唱〈黃昏的故鄉〉，流著眼淚、含帶悲情。

雖是日本曲調，但如動聽的〈黃昏的故鄉〉，翻譯後的歌詞貼切的述說著對故鄉的思念，再沒有比哀傷帶一點日本風的歌曲，更適合這類聚會——他們必然指控那同種來自中國的政權，卻較異族來統治的日本人，殘暴何止十、百倍。

所有這些，都是這類聚會中必然的程序。

然這籌備經年的會議，在島內強人過去，「黑名單」初步鬆動後，抵死抗爭的鮭魚返鄉悲情不再，轉成聯誼性質及規畫往後回台的活動計畫。

她是否來參加這項會議，便不再具象徵意義，代表海內外受難者大結合，然她仍堅持前來，對外訴求的理由是：

「就算是答謝，也要前來。」

但事實上，親近她的人都知道，她的決定與她的丈夫有關。

強人死後，不僅「黑名單」禁令鬆動，大逮捕後島內坐牢已近十年的異議分子，極可能短期內獲減刑，釋放將指日可待。多數受刑人都希望結束這段不公義的囚禁，回復自由繼續為民主改革努力。

只有「大炮」以他一貫的行事，堅持他原本無罪，絕不接受減刑假釋，要他離開牢房，只有公開宣布他無罪釋放。

強人雖不在，強權仍相當穩固，「大炮」的條件勢必不被接受，這意指著當他昔日的同志紛紛重獲自由，他將繼續坐牢。

據聞探監聽到丈夫做此決定的妻子，當場淚下，只道：

「你從來不曾為我著想。」

之後即堅持要履行這一趟歐洲之行。

她應允在那惜別的晚宴上，以小提琴演奏〈黃昏的故鄉〉。

那晚宴將象徵著結束海外流亡台灣人苦難的晚宴，冀望在往後的任何聚會裏，將毋須含淚唱：

叫著我　叫著我
黃昏的故鄉不時在叫我
叫我這個苦命的身軀
流浪的人　無厝的渡鳥

那晚宴將是悲情不再，歡樂開始的晚宴。

她需要一把小提琴與一件正式的禮服。她的行囊裏是永遠的套裝，而在這個傷感混雜著喜悅的重大時刻裏，連她都不願穿著套裝窄裙上台演奏小提琴。

歐洲部主席的夫人，像多數流亡海外的異議分子的妻子，得經常在家裏開出二、三十人的台灣菜流水席，自然也能找來合她身材的禮服。

只那禮服像多數春夏晚宴禮服，露出肩背。

太太們紛紛說，在歐洲，露這麼一點肩背，是禮儀（她們是否太久不曾回台灣，不知道她的衣櫥裏，甚且沒有無袖的衣服；她們是否為丈夫牽連，三、四十年不得回轉家園，不知道她通常只穿黑、藍、白這些色系的衣服）。

然她凝望著長穿衣鏡前一身長禮服的自己，不曾拒絕。

他看到的，便是在柔和燈光下，深紫紅長禮服女人纖弱的身影，由於瘦，她看來全然不似中年體態，捲起的長髮露出一截曲線優美的背頸，裸露的肩胸瘦可見骨，便在頸、肩、臂交接的一片裸裎肌膚上，架放著那淺棕色的小提琴。

油光水滑的琴身曲線彎延流暢，凹凸有致，像個女人橫呈的裸體，輕靈的棲止在裸露的大片頸肩肌膚上（那頸肩肌膚顏色較淡，且背頸處該會有細細的汗毛，吹一口氣，便羞赧的齊向一方伏倒）。

那琴渾身冰滑，看似柔弱實質強堅，挺硬的一端插向下顎與肩臂處，進入脖頸的凹流。硬實的材質雖碰到肩骨，然柔軟的肌肉，細膩的膚質，化做最奧祕的吻痕，在高低凹凸之處，留下永遠的記憶。

而那勢必冷涼的琴身，依著火熱的身體熱度，緩緩的和暖，它依附的是灼熱的心上方的丘陵起伏之處，等待著的是迸出的激情與暖熱。

於是，那曲線彎延、凹凸有致的琴身，方終將與女體合而為一。

在弓揚起，音樂滑出的前一刹那，即便只在轉瞬之間，他看到隔著不遠的舞台距離，站於一團夢幻光影的女人裸裎的肌膚。

（如影相隨的，還有那等待著弓落下、橫呈的油光水滑、曲線彎延的琴身。）

而弓一定會落下，長條的弓下落琴弦，或蜻蜓點水穿掠飛越，或緊貼迫壓琴弦使它吟哦出聲。持續的一陣又一陣長弓的衝刺、前前後後的進出，那單音的吟哦勢必化做連接的曲式，隨著長弓的前後進退，成為一首永恆的、世世代代人傳誦的樂章。

然她得獨自完成這永遠的樂章。必是她自己持握那長弓，下落到頂靠著她肩臂、曲線彎延的琴身；她將獨自壓下長弓在等待的琴弦上產生吟哦，她靠著自己前進後退抽動引領那長弓，化成接連的曲式。

就在長弓一定下落，音樂即將滑出的那一刹那。

他看到晶瑩的淚珠串串滴落。

他們又走上那橋。

他們住的，仍是臨橋的旅店，她的房間也還是向著那橫跨古城兩端、以橋身雕像聞名於世的老橋，他則面向另一端。

這將是他們在這臨橋旅店住的最後一夜。

最後一場會議圓滿結束，他們千萬推辭才沒讓那歐洲部主席作陪相伴。她說她想再看看這城市，有太多記憶值得她一輩子珍惜。

他不曾多說什麼，只陪同她走往那橋的方向。

「海外這些人，絕大多數什麼都不曾做，他們不像有些國家的流亡分子，訴諸炸彈、暴力、暗殺，可是，他們同樣三、四十年回不了家。」

他仍處於先前會議的氛圍中，感慨的說。她安靜的點頭，但顯然對這類話題並不在意。

「他們背負一個莫名的罪名數十年，然後，只因某個人死了，逐漸開放了，他們的罪名又莫名的取消了，可以回去了。」他繼續說：「老實說，我感到害怕。」

「為什麼？」她顯現了對他的關懷。

「再這樣發展下去，台灣會越來越民主，那時候，我們會不知道自己在哪裏。」

「那不是很好嗎？我不當立委，你不做國大，我們……。」

她不曾說完她要說的。

「我怕的是，我們很快會發現，所有的一切都在崩解，過去的犧牲，會變得毫不必要，也毫無意義。當新的時代來臨，妳，還有海外這些人，你們的犧牲……。」

她伸過手去握住他的手，安靜、但堅定的說。

長日太陽未落，橋上擠滿各式攤販、賣藝人、旅客。街頭音樂家以簡單的民族樂器，唱的是美國情歌；還有一組人，合唱著幾聲部的曲子。

「你看，那橋。」

他們在音樂中緩緩穿行，賣提絲傀儡的老人一整架子色彩瑰麗、造型誇張的偶像：長鼻子巫婆，大腹便便滿臉絡腮鬍獨眼的盜賊，一頭紅色長髮幾達膝蓋、髮上野草小花遍處的狂野女人。

她建議在橋上拍照，她以那一架傀儡為背景，他則選擇臨近一座雕像，她拿起相機，看著他靠向雕像，然後，驟然間聽聞他驚叫出聲：

「咦？這不就是那個魔鬼雕像。」

她放下相機，趨向他來，那旅遊圖片上的魔鬼赫然就站在眼前。

與人體比例相若的魔鬼現在成三面實體、高高站立，石雕在歲月的痕跡裏泛著灰青，撫平了稜稜角角。然那魔鬼的亂髮中果真有角，俊秀的臉面上仍神思冷峻，由身後盤向下身中央的長尾巴前端有三角箭頭。

立體雕像提供更清楚的視野，她這回注意到尾巴尖端的三角箭頭並不大，但仍全然概括下身重要部位，一片平坦。他顯然知曉她心中所想，有意語氣玩笑的說：

「妳知道只有英雄人物的雕像會突出這部分，魔鬼不會有。以前我們在教會，常開玩笑魔鬼雕像都穿一件隱形、緊身三角褲，把重要部位全遮住、壓下去了。」

然後他望回雕像，一貫促狹的接道：

「看！這個魔鬼不只穿三角褲，還好像戴貞操帶呢？什麼都……。」

「魔鬼戴貞操帶？」她語氣遲疑，但打斷他的話。

「是啊！戴貞操帶的魔鬼，魔鬼一戴上貞操帶，不是什麼都不能做了……。」

他原嘻鬧著在說，卻突然意會到可能有的不同意涵，聲音轉調乾澀，霎然止住。

4

如若那親反對陣營的女作家，來寫下這一段事蹟，她寫的，或會是這樣的文字：

究竟，誰才是那戴貞操帶的魔鬼，是他，亦或是她？

空白的靈堂

對於那縱火毀屍的白色恐怖事件，一向同情反對運動的女作家，有著十分感同身受的深切印象。

大逮捕後已少參與反對運動的女作家，隨著島嶼日益壯大的經濟發展（往後人們會稱道獨裁者的高壓統治，提供穩定的投資環境，外商安心大舉介入，協助創造了島嶼的經濟奇蹟），女作家在全島逐漸富裕的環境中繼續她的寫作，在她日常訂閱的主流派報紙，甚且那相關大逮捕受難的家屬的消息也極少見。

便在一個灰暗的冬日早晨，女作家開車要送母親到首善之都的東區一家教學醫院看定期門診，在臨近醫院數百公尺的一條主要幹道上，嚴重的被埋塞在重重車陣裏。

做為首都新興的市區，新闢的馬路有八線道，島嶼經濟雖起飛，高關稅制仍使轎車只屬特定階級，不足量大到使交通過度惡化。但那冬日晨間，交通可說全然癱瘓，女作家幾乎延誤母親門診的時間。

「聽說是火災。」

車道上紛傳著這樣的訊息。

藉著不同車道前後略有變換的車子搖下的車窗，或島嶼做為基礎交通工具的摩托車，每個人坐在屬於自己的車上，甚且不曾下車，而耳語紛紛傳遍整條埋塞的馬路：

「失火了。」

「前面也沒看到救火車，街道整個封鎖？」

「失火也不需要塞這麼久。」

幾天後，被疑是縱火焚屍的政治事件在耳語中喧騰，女作家方回想起，那冬日清晨開車送母親看門診，途中遭逢的火災善後，便為那樁命案。而起火地點就在臨醫院東區大幹道內的巷子裏，女作家在那發生地點外的大馬路上，被迫坐在車子內一個多小時。

更多的時日過去，不要說官方掌控的電視台，就是主流報紙也不曾報導的「縱火疑案」，在女作家日常的生活中淡去。卻是有一個夜晚，女作家去會晤情人，激烈的繾綣恩愛後離去。為貪戀難得暖冬寧和的夜晚，女作家在情人住處的小巷信步朝回家路上方向走去，突然間，在暹夜的黑暗巷道裏，看到一處燈火輝亮的靈堂就矗立在路當中。

那靈堂有種安心的明亮，不僅沒有繁俗的儀禮陣仗，也沒有喧天哭調，陳設簡單甚且不見蔬果供禮，「英年早逝」、「駕鶴西歸」這些輓聯，只有一簇簇白菊花，簇擁著一張黑白放大照片。

恍若被牽引著，女作家趨前走上。

那是一張頗容易忘記的臉龐，中年微胖國字臉，戴眼鏡，那民族成千上萬相似的臉。深夜暗巷裏人跡全無，這樣一座不似為祭拜陳設的靈堂，只有死者照片，空白的輓聯連名姓都不落，一陣不祥湧上，適才被徹底滿足後慵懶適意的心身，疏疏落落的起了一陣疙瘩。

正待轉身走開，一個白衣素服的女人不知從哪裏閃身出來，迎向前還開口招呼：

「真沒想到妳也能來。」

女作家認出是參與反對運動多年，一向被尊稱的「王媽媽」，驚訝問：

「妳怎麼會在這裏？」

「我在這裏幫忙。沒有什麼人來，最近連著三起自焚事件，老K怕事情擴大，使了很多壓力，許多人不敢現身。還有人相信老K那套說法，說他是財務問題才縱火自殺……。」

女作家抬頭凝望那照片中的人像。她在冥冥中一定與他有著怎樣的關聯，否則她怎會一再的臨近他的死亡？

一面仍絮絮叨唸的「王媽媽」從祭壇供桌上抽出三枝線香，以桌上燃著的蠟燭點燃後交給她：

「妳來給他上枝香，送他一程吧！」

她伸過手去接，以右手的拇、食指捏住細長的線香腳，竹絲略略扎手。然那捏住線香腳的食指，不知為何突然清楚感到殘留滑滑的潤動，那種適才歡愛後以著抹去從體內流出的精液後，仍未全然洗淨的黏滑感覺。

一陣紅潮湧上臉面，她慌忙將線香轉至左手握住，不敢細看那照片中的人像，胡亂朝著拜了三拜，將線香插回供桌上的香爐灰燼中。

「我帶妳去看他被燒死的那層公寓，就在靈堂後巷子裏。」王媽媽說。「真可憐啊！老K連有人送來輓聯上有『刑求殺人』、『縱火焚屍滅跡』，都不給掛。我們抗議沒用，乾脆把所有弔喪文字都拿下來，可憐哪！連個名字都沒有。」

1

親反對運動的人們都說她對那在大火中淪為灰燼的丈夫事實上並不曾原諒。人們在私語中雖不敢指責，但略帶不滿的說：她的丈夫如此悲烈的下場，就算有對不起她們母女之處，她也該以大局為重，不只原諒他，還應該以他為榮。

「伊是咱台灣人的悲情。」人們說。

林玉貞在銀行即將來查封火燒後的「凶宅」的前一個夜晚，要求回去守夜。有關當局可有可無的應允（至少不曾干預）。距大火已過大半年，有關當局顯然研判最好的處理方式是當一般的借貸，讓銀行集團（事實上島嶼的銀行全可由國家掌控）以求償的方式接手這層引為爭議的公寓，除非家屬有能力償還貸款。

家屬實質上並沒有能力，而反對運動人士也不曾有此打算。

在過往，只有那在「二二八」是日發生的「林宅滅門血案」——反對運動領袖之一的省議員，年邁母親與一對年幼雙胞胎女兒，被以利刃慘殺數十刀致死。才經由教會集結出資，將命案發生住宅買下，改為教會聚會所，以紀念這慘絕人寰的滅門血案。

林玉貞不敢冀望反對運動人士，會出資將她丈夫遭火焚屍的住處買下做為紀念館，噢，她完全不敢有此奢望。丈夫的死仍有未定的爭議：生意失敗債務纏身、與女人有糾葛，這些都屬實，也便利於有關單位宣稱他自殺身亡。

她卻堅信丈夫不會自殺，十幾年的夫妻，性好漁色的丈夫不可能自絕於這樣的歡樂，他的債務也尚未到必須一死的地步，他更不是一個有勇氣自殺的人，雖然在他幫閒的參與各式抗爭活動裏，也跟著人說：

「為台灣建國，命一條。」

「就算犧牲性命，歡喜甘願。」

他一定是被殺害再焚屍，而且一定跟反對運動有關。他沒有要害他致死的仇敵，死前幾天，她才聽他顯然藏住話得意的透露「與海外搭上線」這樣的訊息。

學歷不高，也缺乏才情的丈夫想在反對運動中進身「大尾的」一直是他的夢想，走險招或是唯一的出路？

（可是他既然要走這條路，為什麼不能死得光榮些、英雄些，成為一個民主鬥士、為人景仰，死得毫無疑慮？）

林玉貞不敢奢望得到「林宅滅門血案」那樣的榮耀對待，由老母與一對雙胞胎五歲稚女代以承受苦難的悲情代價太大。林玉貞只是不滿，同是火焚屍滅，為什麼所有焚火的功勞，全部歸結到一個人身上，那人們聲稱的——

「台獨教父」。

沒錯，在那個只消公開呼籲「台灣獨立」，便足以坐牢或致死的年代，「台獨教父」的父親即為獨立理念坐牢二十年，做為政治犯遺腹子，不畏多重壓力與危險，繼續投入反對運動多年，還不惜以身自焚要喚醒島嶼上的人民。

據聞當烈火燒灼上肌膚，炙熱的火會沸騰體內的流質，白色水泡先在皮膚裏蹦跳起落。然只消火再一陣催逼，那水泡嗶啵破裂，露出粉紅色滲著顆顆血水的裏肉，整個人像剝皮後掛著血珠的聖誕樹，枝叉枒伸。這時只要火再進入與血水摻混，火苗掐進肌肉裏，隨著肌理先攻陷那脆弱的經脈，外層肌肉便有些從骨上崩塌下來，最外一圈化做濃煙與嗆鼻臭味，然後那未曾崩落的，才繼續燃燒遺留下來成焦灰。

那最極致的火焚疼痛應足以使人發狂，四處亂竄想甩落著身火焰，可是「台獨教父」安然坐在辦公室的沙發座椅上，大火過後縮成一具較他原武壯中等身材小許多號的焦屍，只是尺寸縮小如孩童，不曾蜷縮或避逃。

「台獨教父」以政治犯家屬兩代犧牲參與反對運動，在理論建樹上有重大貢獻，他還家庭生活美滿、經濟情況穩定，他的自焚因而不曾參與任何雜質，純為理想犧牲奉獻，特別是，選擇的是如此艱鉅、崇高、悲壯的死亡方式——

自焚。

他是烈士，理應被追思為「台灣國國父」，享有一切尊榮。可是，自焚的不只是他。那辦雜誌宣揚理念，不惜自焚作示範的總編輯；到代表威權的總統府前，往自身潑汽油再點燃，於烈焰中慘叫十幾分鐘才死亡的工人。

於今有多少人記得他們、說得出他們的名字？

林玉貞站在大火焚燒後的「凶宅」——那曾是她和丈夫的家。大火和救火毀去所有的門窗，事實上，她只跨越了一道警方的簡單封鎖繩索，便進到屋內。

大件的家具除了燃燒破壞變形，一一俱在原位，掉落一地的是各式雜物，不知哪來如許多框框架架。她就著正在屋外的水銀路燈慘白的光往裏挪幾步，臥房燒去木門只剩水泥框，迫使她必然要立即看到那張床。

丈夫便是曲身死在床上（他可不可以不死在那缺乏尊嚴的床上？），根據那女人在調查庭上的供詞，凶案發生是夜從九點到十一點多，他們接連做了三次。

「床單都濕了一大塊，我說老婆回來會罵，他說我會說是自己弄出來的……。」

女人最始先的證詞極明顯為讓法官接話，好強調丈夫有輕生的念頭，但這些詞句在上場緊張後前後拼湊，不一會即用盡，詞窮下女人情急中便只有說她自己的話。

「他躺著死的位置，就是我們弄濕的那一塊。」

沒人續問女人仍沒頭沒腦的加道：

「好像他要用身體去蓋住它似的。」

庭裏的人全笑了起來。

反對運動陣營有人指那女人根本是「抓耙仔」，老K叫她出來作偽證。林玉貞自然不曾反駁，然她知道，丈夫必然與那女人真有過關係，她原就懷疑他外面另有女人。女人指證的更符合事實；丈夫一向喜歡連著出來不只一次，有時忙累不曾答應，他也會故意將精液射在床單上。

這樣一個售屋小姐形樣的女人，極可能是丈夫在賣建材時在某個小建設公司熟識的。三十來歲高壯的女人，頂得過丈夫一連來三次吧！

而她居然是陪同丈夫最後一夜的人，這樣的事還在法庭上揭曉，在報紙上大幅刊載（當反對陣營升高此事為政治迫害，有關當局為淡化，令媒體當一般社會新聞處理，與殺人、搶劫、強姦同版面），所有這些，在在都是一個做妻子的得忍受的最大恥辱。

林玉貞相信反對陣營的研判，丈夫一定已被注意（他那什麼海外搭上線），有關單位趁她帶孩子回娘家，有人前去約談，失手弄死丈夫（他還不重要到要殺害他），為了掩飾滅跡，只有布置成縱火自殺。

丈夫的行蹤一定全然被掌握，才會反對陣營提出重新驗屍要求時，有關當局立即能找來那女人作證（她也受到威脅吧！那些制式的、不像出自她知識程度的供詞）。檢方並能一一列舉出丈夫的債務、債權人也上法庭逼債。

結果是留下她成為債務纏身、丈夫生前最後一夜都在另個女人懷抱、為人嘲笑的寡婦。

（更不用想「烈士之妻」這樣光耀的榮銜。）

林玉貞就著屋外的水銀路燈光亮，往屋內挪幾步。事發已八、九個月，她第二次回這裏（也是最後一次），也終於可以直視那燒毀崩塌的床。床上由石灰之類白色物質描繪出來的人形仍相當清楚（反對陣營一有驗屍要求，便有人重新將屍身所在的位置描繪一次吧！）。由於原就蜷縮著手腳又加上火燒，丈夫在那床上，只占一小塊範圍。

「真是只足夠將他們弄濕的地方遮住。」林玉貞想起庭上那女人的證詞。

然後霎時宣洩出來的怨恨使她對著焦黑床上描繪出來的白色人形，恨聲的輕道：

「我不知道你的冤魂是否還在這裏，我今天是來向你告別的。以後，橋歸橋、路歸路，各走各的，你也不要再來糾纏我。你若冤魂不散，去找你那個老相好，你的事，我不再管了，你叫你相好的來……。」

那僅以白色線條在焦黑崩塌不平的床上勾出的人形，空空洞洞十分詭異，而且如此出奇的小，在水銀燈光照射下透著紫氣閃現蒸騰螢光。恍若下一瞬間，便會有個紙板般扁平的人體僵硬躍起撲向她來。

一陣毛骨悚然的驚懼，她慌忙往後退，差點為地上雜物絆倒，轉身奪門而出，下得樓梯回到馬路上，方才住腳。

稍喘過一口氣，林玉貞抬頭上望三樓一片漆黑處，繼續低聲喃喃說道：

「我來告訴你，既然你有個老相好，先前就對不起我，也不要巴望我替你守寡。我來就是要告訴你，以後我們男婚女嫁各不相干。」

深夜巷道遠方仍有人影走近，林玉貞慌忙中繼續道：

「我不會為你守節的，從今後我有我的自由……。」

她稍一止頓，然後脫口而出：

「我受不了，誰教你以前把人家弄得這麼舒服，要我怎麼守得往，這還不都要怪你，都怪你……。」

2

距丈夫死後不及一年，林玉貞失去她的第二個工作。

商專畢業後，林玉貞在一家外銷鞋廠當會計。老闆搭上的是島嶼外銷致富的契機，從同業處接美國訂單，專做便宜的便鞋，也賺到些財富，對林玉貞十幾年來一直頗信任，內外兩本帳都由她負責。

丈夫死後，老闆深表哀傷，也曾說過「只要阿貞在公司的一天，便照顧伊一天」這樣的話。然隨著情治人員不斷到廠裏來約談，先是詢問林玉貞是否提供反對陣營什麼資料，後來說是要了解丈夫的債務，連老闆也約談，林玉貞很快的被婉言辭退了。

「我只是個做生意的，惹不起那些人。」

老闆誠懇的說，塞進她手中一把紙鈔。

靠著僅存的一點私蓄和娘家的幫忙，林玉貞和女兒撐過反對陣營以此事件抗爭的階段，隨著不再有新的訴求，連僅剩的住家也為銀行以償債拍賣，林玉貞隱瞞自己的身分，在一家小進口公司找到一份記帳的工作。

不到兩個月，情治人員繼續查訪一、兩次，老闆辭退了她，坦然的說：

「妳不該騙人，我不知道妳有這款背景。」

這回林玉貞和女兒連生活都成問題。

那反對陣營頗受尊重的「王媽媽」，原就在這「殺人焚屍」事件中介入極多，知曉林玉貞母女的困境，問她是否為反對陣營一位立法委員的服務處做些記帳、祕書工作。

「走這一步被貼標籤，少有回頭路。薪水差，老闆萬一下屆不當選，工作也沒了。」「王媽媽」明白的說：「不過妳要想清楚，就算妳再找個工作，老K三不五時去騷擾，工作照樣不保。」

林玉貞接受了服務處的工作，而立委則得到一個照顧孤兒寡婦的美名。

財務短絀人手不足，林玉貞的工作形同服務處的雜工，什麼都得做。有時辦活動，收拾好服務處的場地，回家一、兩點的機會不是沒有，更不用說選舉時的兵荒馬亂，連著一個多月每天睡五、六個小時。

然她發現她得到了一輩子從來不曾想像的尊敬。

那些嚼檳榔、穿拖鞋在服務處進出幫閒的「柱仔腳」、來服務處「泡茶」聊天的上年紀人們，絕大多數都是男人，中、老年的男人，看到她臉容端肅，招呼她：

「添進嫂。」

他們從來不叫她林小姐，也不喚她吳太太，更不用說叫她玉貞，他們永遠用她那死去丈夫的名字「添進」，還一定加上「嫂」，也不管他們的年紀較她長、甚且長許多。

「添進嫂」成為一個尊稱。

他們還用實質的行動表達他們的關懷，送鍋燉好的土雞、水果等等。隔些時日，便會有人塞點錢到她手裏，不會太多，甚且也不會用個信封裝，就那麼幾張紙鈔，捏在手心裏，朝她手裏、懷裏沒頭沒腦的塞，不敢看著她，靦腆的直說：

「給囝仔買糖吃。」

彼此都知道說的「囝仔」已經小學二年級。

她一再推辭（他們多半是收入不豐的勞工階級），直到土直的對方幾乎要動怒，她才勉強收下，熱淚盈眶。

「添進嫂」在反對陣營裏，得到了與原先所處的社會全然不同的對待，在這裏，她不是人人不敢近身的瘟神；在這裏，有關單位仍派人來「了解」，甚且來得更頻繁，但沒有人在意，還笑弄：

「那些抓耙仔來來去去，親像在走灶腳（廚房）。」

她更發現沒有人嘲笑她是個連丈夫都被搶走的女人。「吳添進」在一個大的「被壓迫的台灣人」集結的悲情下，所有的醜聞除非親眼目睹，否則極容易被認為是有關當局為打壓蓄意栽贓、抹黑。

林玉貞在此找到「添進嫂」的尊嚴，只這不頂耀眼的光環，沒多久後即在消逝中。相較之下她更感到那自焚而死的「台灣國國父」，留給遺孀怎樣的光榮，一輩子都吃喝不盡的好處。

「添進嫂」更聽來，那遺孀十分懂得利用此項資源，她以自焚而死的丈夫崇高的名號成立一個基金會，要繼承遺志。推動島內的民主運動。這項不循「代夫出征」妻子選公職的做法，不致分配到反對陣營有限的參政職位，不與人爭使她贏得所有的讚賞與好評。

同屬一個圈子，「添進嫂」終有一天見到這位遺孀。

她自然也被叫做「××嫂」，她頭上的光環讓四周人對她更小心翼翼的尊敬。「添進嫂」親眼看到，一個「黑手」的修理技工，那麼年輕的二十出頭歲，瘦弱的身子骨微駝的背、囝仔工就做起的「黑手」吧！一大疊鈔票、有幾萬塊，捧在那指甲縫污黑、手上有洗不去油污的關節粗大手中，帶著靦腆、羞愧的神情，交給那遺孀，還一面道歉：

「歹勢，一點點心意……比起你們的犧牲……太尊敬……只有這款能力……歹勢。」

那一疊鈔票得是他經年累月省吃儉用的積蓄，也許是他大部分的家當，這樣的奉獻，「添進嫂」紅了眼眶淚水迷濛了眼睛。

雖然因眼淚不曾看清，「添進嫂」仍主觀的認為，那遺孀沒有表現出應有的感謝。

「伊好像認為十分應該。」

「添進嫂」以為，那受過良好教育，自身工作頗成功堪稱「女強人」的遺孀，無法像她（每個月靠微薄薪水、還看盡世間淡涼、人間臉色）懂得這些人如此奉獻的珍貴。

「添進嫂」人前人後稱讚這「台灣國國父」的遺孀，但說的俱是她不懂民生疾苦的高高在上，「吃米不知米價」的高貴，她的不善和基層打成一片。「添進嫂」不曾稱讚的，只有遺孀的外貌。

是的，不用「添進嫂」多說，誰都看得出來那貴為「台灣國國父」的遺孀，原相貌普通，還已經四十多歲。而她則還不到三十五歲（每個人都說看來像二十八、九歲），天生的一身細皮白肉，眉眼清純可人，中等身材雖不似那類耀眼美女，但更令男人放心樂於親近。

不僅她死去的丈夫曾如此說，在鞋廠做會計那些年，廠裏的工人來領薪水，淨找些閒話左一句玉貞姊右一句玉貞妹的大有人在。那時她總以「吳太太」自居，婉言讓他們知難而退到連自己都十分感動。丈夫出事後，她極力隱瞞「吳太太」身分，但一當被識破（拜那些「抓耙仔」之賜），她甚且沒有機會在一個地方長久到讓男人再度近身。

到了立委服務處，「添進嫂」成一項尊榮，她原還暗自慶幸，但她很快發現，「添進嫂」只有斷絕她與男人的關係。在這圈子裏，她的丈夫是被老**K**塑造出來的

「受難者」（還不到烈士），然受難者的遺孀和烈士遺孀一樣，只能照顧供在「神主牌位」上，不能壞了反對陣營的倫理。

她已經多久不曾同男人在一起，一年多、兩年？丈夫是她第一個、也是唯一一個男人，在時一個星期至少兩、三次索求，她太習以為常以至於今在難以抑遏的需要下，她撫視自己潔淨無瑕、溫暖滑潤的身軀，怨嘆眼看著這一切都將平白浪費，淚流滿面哽咽罵道：

「你這個夭壽短命，誰要你把我弄得這麼舒服……我受不了，真受不了……誰要你把人家弄得這麼舒服……」

3

「添進嫂」很快尋到新的機會，轉機來自那「台灣國國父」的遺孀。

由於基金會運作十分成功，反對陣營也要以她做悲情象徵訴求（還有一說是為擺平陣營內幾位實力相當的人選爭執不下，彼此不願這德高望重的位子落入任何一方增添羽翼，便妥協出一個最無害的人），那遺孀順利被拱入監察院，成為唯一的一位女性監察委員（執政黨據說以一票數千萬元買票讓他們的人馬當選）。

對是年年底即將來臨的立法委員選舉，這頂著丈夫崇高光環的新科女監察委員，被委以輔選的重任，也咸被政圈認為是反對陣營最大的一張「王牌」。

身家清白又初入政壇，那遺孀不會有任何從政黑資料，除卻——對打著丈夫旗幟、以丈夫遺志做輔選訴求的遺孀最致命的打擊——她是否背叛了她那崇高的丈夫。

便紛紛有耳語她早讓她的「台灣國國父」丈夫蒙羞，在烈士丈夫為理念殉身不久後，她和她的司機即發生不可告人之事。

明知道極可能是競選的打壓做法，「添進嫂」也不相信那正享受丈夫留下光環的遺孀會愛上一個開車的司機。可是，一當她進一步獲知那司機是一名年輕一代秀異的國會助理，做她祕書兼任司機（還提供他自己的車子做她的代步工具），「添進嫂」立即願意相信這是事實。

如若連頂著光環，最應守貞的「台灣國國父」遺孀（她從中得到最多的尊敬），都有圈內男人和她一起對「國父」的神主牌位不忠，那她「添進嫂」，只是一個受害者家屬，沒有「國父」遺孀的貞節要顧及，男人為何不能近她的身？

是的，男人，這是一個可能什麼都沒有，但絕大多數都是男人的圈子。除了那些吃檳榔、穿拖鞋的「柱仔腳」、來服務處泡茶走動的中、老年男人，還有那過往她不敢希望觸及的國會助理、有良知的知識分子、關懷時局的各行各業成功男人，隨著選舉的接近，川流不息於服務處進出。

而「添進嫂」像受到蠱惑般，眼裏只有司機。

稍後她自己回想，為何肯屈就一個開車的司機，是因著害怕高攀不上那些滿口革命、建國理論的才學之士。至於司機，至少毋須顧慮聽不懂那些深奧的用語。

然「添進嫂」失望的發現，她老闆的司機是個魯直的死忠「柱仔腳」，小學是否畢業都還是問題。其他來往的民意代表們，多半自己開車。那些「代夫出征」政治犯任公職的妻子，是有司機，但由服務處身強力壯的人員兼職——有時還得扮演保鏢，避免「抓耙仔」惡意騷擾。

只「添進嫂」並不灰心，噢，一點也不，她倒是因這樣的希望容光煥發得更美麗起來，她積極參加反對陣營的各式集會，吸引一些注意，當中包括一個政治犯。

是的，他還是個開宣傳車的司機。

彼此的試探小心翼翼，眉來眼去淨是功夫。「添進嫂」也趁機探聽出，這個三十多歲的男人，高中畢業因捲入一樁「校園叛亂」（其實是同學中有人讀幾本輾轉得來的左翼書籍，他也被牽扯在內），被關十年，出來後一直在反對陣營裏四處幫忙。

選舉終要結束，不再需要那滿街播音的宣傳車，「添進嫂」知曉她得把握時機，一段時間試探下來，她明白要對方主動並不容易（她畢竟是「添進嫂」）。

終於在開票當天，歡騰的慶功宴上，兩人都有幾分酒意，「添進嫂」有意無意談那「台灣國國父」遺孀與助理司機的傳言，甚至到選戰最激烈的時刻，都沒有人敢製造黑函以此做攻擊。「添進嫂」還引述聽來的閒言：

「人家說她的丈夫死得太悲慘，打擊她，支持反對陣營的民眾會認定是抹黑，反而引起反彈。」

她還不斷慫恿男人們拚酒，最後他真是醉了，伸過手去撫摸她在桌子下的大腿，兩人醉眼相對吃吃浪笑。

他同她回家但什麼事都不曾做，只吐了她一身，她倒是酒意全醒，冷冷的一點安心、定定的鎮在胸口。

他們第一次歡愛，她不知怎的總不斷想到：

「我又在做愛了。」

等了近兩年才再插入體內的男人性器、及它的抽動，竟不似過往日思夜想中的銷魂蝕骨。

然「添進嫂」約有了一個男人（雖然還得偷偷摸摸，他有那種政治犯的行事謹慎，甚且最親近的朋友都不肯透露此事），「添進嫂」也有了基本上不缺乏的性愛（雖然這回有所比較後，她知曉這男人遠不及死去的丈夫），但「添進嫂」總是安心。

至於陸續聽到解釋那「台灣國國父」遺孀與助理司機間的傳聞，根本是「抓耙仔」故意抹黑好打擊反對陣營的選舉，「添進嫂」也不再在意。

多半時候她還幸災樂禍著，特別是男人壓在她身上賣力衝刺時，「添進嫂」緊摟住男人的身體，得意的想：

「就算妳貴為監委，大腿叉開也沒有人敢幹妳，只有空思夢想，癢得受不了吧！」

終有一次，在歡愛近高潮時，她吃吃笑著說出心中所想。

男人稍止住動作，然後更激烈的擺動起來。她看那男人眼露精光、嘴裏吐著氣從牙縫中連聲迸出：

「幹！幹！幹……。」

「添進嫂」略感不快，他要幹的，不是那「台灣國國父」的遺孀吧？然男人此番表現實在精采，「添進嫂」唧唧哼哼一陣，在銷魂蝕骨的片刻中，附在男人耳邊：

「這一下是幹我，這一下是幹她，我替她做。你同時在幹兩個女人，這一下我，這一下她，我有兩個女人的爽，你幹兩個女人。」

男人果真在韻律節奏中用盡最後一絲力氣，癱倒在她身上。「添進嫂」做出慈愛撫摸他的頭的動作，無限寬容大量的說：
「你也想幹伊看看吧！」
「亂來。」男人微弱的反駁。
禁不起「添進嫂」一再纏扯，男人放棄的做了一個點頭的動作。
從此之後，他們以此翻新不同的玩法。

4

連親反對運動的女作家都同意，那「台灣國國父」的遺孀，在她做監委的任內，較她反對陣營裏的男性同儕不僅一點不差，還有更出色的表現。
那遺孀如此快速的走出丈夫自焚的悲情，讓所有的人訝異又感佩。她不像那些「代夫出征」的妻子們，用淚水和控訴來問政，她和所有從政的人一樣，仔細的鋪排自己的人脈、建立關係。她還有更有利的起步：她那「台灣國國父」悲壯的事蹟，使她享有光環、成為象徵，還能代表正義與公義。
而隨後強人過世，高壓強權逐漸鬆動，統治者內部的權力鬥爭激化。那遺孀精確的對事情的掌握能力與冷靜的態度，贏得了執政者內部某支人馬的信賴。他們從只有他們能掌控的情治單位手中，取得同黨政敵相關的貪污、腐化、賣國黑資料，交給「台灣國國父」的遺孀，以她監察委員的職責來揭露，借助正義與公理名義，達到剷除異己目的。

那遺孀不會不知道對方的用意，卻深諳「借力使力」以便分化、打擊統治者，成功的扮演起職權賦予的監督糾弊角色。

一時，她「女青天」的名號震天價響，相輔相成的使「台灣國國父」聲望持續不墜。

親反對陣營的女作家發現，不管是坐牢的政治異議分子或自焚的烈士，他們的事蹟是否留在當時人民的記憶中，事實上與他們的妻子接續的做為有著密不可分的關係。

（人們只會記取遺孀的功成名就之處，然多半遺孀淡出丈夫所屬的圈子，沒入茫茫人海，她們當中就算行為有瑕疵，只要不是重大過失，便不加以追究。）

然後女作家回想起那遲春夜裏，不期然中見到矗立於巷道中只有遺像、甚且連名字都沒有的靈堂。

所以當聽聞有位熟識的男記者要寫一系列政治受難者家屬時，女作家特別提及了那記憶中未有名姓的靈堂，及在眾人心中早就淡忘了的家屬。

（她，還有她的子女，究竟到哪裏去了，在做什麼？）

不頂困難的，男記者循線找到在親反對人士的公司做會計的「玉貞姉」，及已臨青春期的女兒。

當母女倆一同出現，男記者幾疑是一對姊妹。

時序進入早夏，「玉貞姉」穿一件薄料連衣裙，寬寬的裙襬隨著細跟高跟鞋移步波浪洶湧，裙內盡是細腰豐臀風情，露出的胸臂潔白如凝霜。男記者想起傳聞中，她極可能是那親反對陣營的中小企業人士的情婦，公司一本內帳都是她在記。而據聞每有稅務人員來查帳，「玉貞姉」在辦公室呼天搶地指控又是因她先夫吳添進才進行政治迫害，讓逐漸不再有情治單位做強力奧援的稅務人員倍覺棘手。幾次後也得過且過，避免落得迫害受難者孤兒寡婦的罪名。

男記者無從想像如此嬌柔的女人，會撕扯頭髮在地上打滾哭鬧鬥狠，對她不免多幾分興趣。

然「玉貞姉」幾乎回答不出與丈夫相關聯的事件。

「不記得了。」她安然的說。「太久了。」

或者：

「這樣嗎？大概是吧！」

只絮絮提及法庭上那女人弄濕床單、一連做三次的說詞。已臨青春期的女兒一旁坐著低頭摳指甲，臉上全然不見任何表情。

男記者報社臨時有事，約定下次再來做採訪，告別時隨口提及這系列報導將以「台灣國國父」遺孀及女兒做第一篇。

「有這樣的文章，我怎麼沒見到呢？」「玉貞姊」十分確定的問。

「噢，我還沒寫好，最快也要這個週末才見報。」

男記者回答，不知怎的覺赧然。

懷著「玉貞姊」當女兒面前談死去的丈夫與情婦種種，男記者在寫「台灣國國父」遺孀及女兒，兩人的相互慰安、扶持，用盡了所有感人的詞句。他讚美當要談及丈夫自焚，做母親不忍女兒聽見，將她支遣開去，而秀麗的女兒事實上全然懂得大人的善意，但得體的退下。

連男記者本人也承認，他原帶著呵護最脆弱的心靈要彌補那「台灣國國父」的女兒於萬一，但女孩堅強與適度禮貌的感謝，只讓他更心疼，特別是做母親的所說：

「不要看她外表堅強，私下還是常哭的。」

男記者寫道：眼眶不覺濕了，多久不曾有哭泣的感動？

文章在報紙刊後隔天，男記者接到一個年輕稚嫩聲音打來的電話，自稱是吳添進的女兒。

「就是那個火燒死的那個啦！」

男記者尚未答話，對方已又道：

「媽媽說你不是要寫我們。」

接下來講電話的，才是做母親的。

男記者十分訝異「玉貞姊」對那「台灣國國父」的遺孀有如此巨細靡遺的了解，說得出許多他文章中蓄意掩藏的內幕（這內幕通常圈內人方得知）。而其中，「玉貞姊」最明顯關注的並非政治上的事件，而是新近悄然傳聞的有關「台灣國國父」遺孀的新戀情。

「對方當真是作〈台灣國歌〉的那個音樂家？」「玉貞姊」電話裏的聲音急切。

男記者遲疑了一下。

「聽說是為了給她丈夫的基金會寫歌，兩人長期相處才好起來的。」「玉貞姊」的聲音自顧接道：「國父總需要國歌的嘛，這好，二一添做五，一家都包了，聽說男方還認她女兒做乾女兒什麼的……。」

男記者突地剪斷她的話：

「報社電話很可能被老K錄音，我們不談這種沒根據的事。」

電話裏有剎那間沒有聲響，然後「玉貞姊」的聲音快快接上：

「是啊！我也是隨便問一下，我看八成是老K要打擊她，最近不是聽說台獨聲浪高漲，連海外的『台灣獨聯盟』都遷盟返台，一定是老K怕『土獨』和『洋獨』結合在一起，成為一股大力量，才故意醜化她，讓她失去正確性與代表性，好分化他們。大家不都這麼說？」

男記者舒出一口氣，笑著約定繼續做採訪。

再次見面是在「玉貞姊」上班的公司，男記者看走上前來一身淡雅套裝、長髮梳在耳後的女人，恍惚竟覺似曾相識。

從來不曾買衣服送太太、對女性服裝並不熟悉的男記者，不一會即會意，那顏色、簡單的線條、窄裙的式樣，與「台灣國國父」遺孀幾乎如出一轍。

（穿這樣的衣服在地上打滾指控查帳人員政治迫害？）

而是日「玉貞姊」認真的回想死去的丈夫種種，男記者發現還不若調出來舊日社會版報導來得詳盡。為了做好採訪，雙方再見了幾次面，每回都有那女兒在場，但她對他們的談話毫無興趣，只捧著時下流行的少女漫畫，專注的一旁觀看。

卻也因著有那女兒，兩人間無有阻隔的聊了許多。

男記者幾次小心翼翼試圖同女兒談她父親，女兒不甚在意，只說是個失火意外事件，而且是個久遠前的意外。她在意的是男記者是否用報社關係替她要到偶像歌手簽名的大張海報。

男記者感到自己陷入一個忽冷忽熱的漩渦。他是一家傾反對陣營報紙的重要記者，幾年來一直從事有關反對陣營的報導，他寫過太多政治受難者血淚交織的故事，他不願相信這對母女能活得像她們外表顯現的坦然。他用自己的經驗設定她們（特別是女兒）是害怕傷害才逃避回憶，更覺得對她們有所虧欠希圖能彌補。

「玉貞姊」無疑感受到這。於是當他晚上在報社寫稿，會接到那女兒打電話來：

「媽媽說叔叔星期天要不要陪我去動物園玩？我從沒去過，媽媽說叔叔帶孩子出去玩最好到動物園。」

男記者在僅有的假日裏不曾帶自己的子女去動物園，他陪「玉貞姊」和女兒，再發現三個人對獅子老虎同樣興趣全無。

然後男記者便接著提議該去聽熱門的日本雙人組，說不定還可以利用關係，帶她們到後台去看那一對少女偶像藝人。

贏得的是「玉貞姊」濕潤的眼眶和那女兒眼中真正的崇拜。

他們永遠三個人在一起，在一起一定為那女兒，男記者抽空打電話過來，要找的也是女兒：

「乖不乖，今天做了什麼，等一下要不要叔叔請吃飯？」

接下來才要做媽媽的聽電話。

他們聊很多，多半是他在說，「玉貞姊」會問詢關於反對陣營種種，她對其中的人事仍有了解，兩人間便極易搭上話題。他也樂意同她談這些，因著發現「玉貞姊」對人脈、布局、互動有十分敏銳的直覺。他以他的專業知識（他還是國內最高學府政治系傑出校友），知道這女人對什麼是政治毫不感興趣，但她往往能猜中派系運作、人脈互動、權術變化。

「妳去搞政治不知會怎樣。」他由衷的說。

「講猜話，政治怎樣給我搞啊，我憑什麼去搞政治？憑老公搞完女人被人放把火燒死？」

但多半時候，「玉貞姊」含笑帶媚感興趣的聽他談最冷酷的權力傾軋，同時為自己參與此類談話，姣好的臉上眼波流動、歡欣異常。

如若不是那女兒有一天毫無徵兆斷然的拒絕三人一起外出。

女兒的拒絕不曾找任何理由，當然也沒有藉口，她神色如常，仍聽她喜歡的偶像歌手音樂、看她的少女漫畫，只是簡單的搖頭，說：

「不去了。」

沒有第二句話。

兩人這才不安了起來。

這下子同感到成了密謀共犯，被識破後兩人便得齊手向那女兒撇清關聯。那女兒的父親總算也是為台灣建國犧牲，兩人藉著關懷、照顧她為由牽扯出任何關係，恐將落人閒話對死者太過分。

男記者不再有機會打電話找那女兒，「玉貞姊」也無從要女兒打電話，兩人間暫時失去聯繫。

然過往的交往總留下牽扯，那陣子女兒迷上職棒一個黑人外籍球員，三人幾個星期前就約好去看比賽。這下子女兒不願再一起出席，臨近比賽前幾天，「玉貞姊」便理所當然的給男記者打了電話通知他，要告訴他「兩人單獨前往有所不便，恐生是非」。

雖然男記者接電話時有那樣明顯的驚喜，「玉貞姊」知曉這是最後一次以女兒名義打電話，聲音裏便有著悃悃的悵然。男記者會意，交代完事情後，一時，兩人竟不似過往無所不談，沉默了起來。

看著沒什麼再要說便得掛斷電話，「玉貞姊」十分突然的開口道：

「聽說我們的國父遺孀要出來選舉，她的對手，不會用那件事為難她吧！」

「玉貞姊」說著「我們的國父」時，還帶著嘲弄，但整體語氣都有著一種小心翼翼，男記者立即明白她所說。

「應該不會，這事情是真是假都還不知道，除非老K有本事讓對方的妻子出來鬧，來捉姦，否則，這種事死無對證，就算老K手中有證物，恐怕也不敢貿然拿出來。祕密監視、錄音，還是得面對一堆指控。」

男記者說得十分熱切、如此有信心，好似要藉此說服保證什麼似的。然後稍一頓才又道：

「只有鬧成醜聞，或者，兩人要結婚，才會成新聞。」

「玉貞姊」噗一聲笑了起來。

「結什麼婚，真是頭殼壞去。像我們這種女人，還不是只想談個戀愛，有個知心的男人，祕密的在一起一段時間就夠了。再說，誰敢娶這種國母、遺孀，不要命了?!」

「這得問妳們女人，我怎麼會知道。」

「玉貞姊」不再出聲，電話裏看不到表情，男記者不知是否觸犯了她，正待接話，一端傳來「玉貞姊」怨怨的鼻音：

「如果不是國母、遺孀那一級的呢？」

這回輪到男記者愣怔了一下，才十足俏皮的回道：

「既不是國母，又非遺孀，大家哪來閒工夫管閒事。」

兩人齊哈哈的大笑了起來，也不知何以那麼好笑，足足笑了好一會，又扯了些事，才掛斷電話。

「玉貞姊」有著篤定的心安。雖是最後一次能以女兒為由通電話，也算把該說的都說清了。如此即便就此沒有下文，至少能較不感到缺憾，不至於往後總想是自己努力不夠，沒讓對方清楚自己的意思。

「玉貞姊」等待，在她舒適的家中，她的男人一個星期仍會不定時的來一下，來到他租給她住的房子，主要為享有她。他們同時談辦公室裏的一些狀況，畢竟，在辦公室裏他們維持一般老闆與會計間的接觸。

一個星期後男記者來了電話。

他第一次直接找「玉貞姊」，語氣是對女兒極盡溫柔的關懷，他建議由朋友出面，分別邀請大夥去打保齡球（那女兒其時正沉迷於此項「復古」運動），好讓她回復該有的歡笑。

「不要讓她繼續活在父親慘死的陰影下，我最近要寫這篇報導，一定勾起她許多不愉快的記憶。」

他們講電話的時間難得的短，彼此都有意保持是談女兒幼嫩受損的心靈，然那男記者語音中如此令人心碎的溫柔，好似他將「台灣國」所有建國悲情的彌補，都悉數用在對這受難母女的關懷中。

「玉貞姊」掛了電話拉開一櫥衣服找運動服，有陣子只在衣堆裏翻翻扯扯，不知自己找的是什麼。

她將穿緊身運動上衣、俏皮的短褲去赴約，那會露出她多年悉心保養的身材與最足以自豪的如凝霜肌膚。讓他看到足以引發遐思又不致一覽無遺絕對必要，這個約會對他們而言十分重要。

而她對他有著信心。她當然會帶女兒同去赴約，她不太在乎女兒在保齡球館與他不期而遇會有怎樣的反應，因為不會再有這樣透過朋友打電話給女兒周密安排的約會，下一次，將只有他同她。

最後他必然的要除去她的衣衫（他較她年輕的新一代男人，會願意以唇親吻她那自豪的凝霜淨白肌膚，霎時陷落的一處黑色密林，品嘗粉色軟嫩的蕾心？），當他終於進到她裏面（他會如圈子裏聽聞的：懂建國理論的知識型，不見得比開車出賣體力的差，所以那「台灣國國父」的遺孀，才會老被傳聞和這些知識分子型的男人在一起？）。

她會附在他耳邊，說：

「我只不過做她會做的，那『台灣國國父』的遺孀，也做我在做的。」

北港香爐人人插

她們出現在許多時候的許多地方的各式「運動」裏，或者說，她們出現在有女性介入「運動」的許多時候、許多地方。

有時她們有機會成為國母、烈士之妻，甚且女烈士、女革命英雄。或者說，當政權得以轉移，她們有機會成為女閣員、女部長、甚且女總統。

但有的時候，她們成為「公共汽車」，甚且「公共廁所」。

當捷運在首善之都開始營運後，她們也會被稱做「捷運」。

而一直以來，更有一句這樣的俚語：

北港香爐人人插。

十來桌　或　四、五桌表兄弟

他們在參加一場多年後當「反對運動」得以平反，人們會津津樂道的「世紀婚禮」。

結婚的是甫選上省議員、素有「黨外謀士」之稱的江明台，與在「美國新聞處」工作的史麗麗。

兩人目前都沒有婚姻關係。

可是婚禮瀰漫著如此緊張的氣氛。

（卻為什麼賓客們又紛紛擠眉弄眼的竊竊低語？）

法律系畢業後，在黨外雜誌寫文章批評時局迅速竄起的江明台，以謀略見長。小時候家學淵源，留日的父親逼他苦讀日文，便有傳聞，大學時代，江明台將一套數十本日本文庫版的《德川家康傳》，反覆讀遍數次。

當然更不用說《孫子兵法》、《三國》、《老子》等等這些經典。

而據熟悉他的人說，江明台好從「德川家康」學取謀略權術，反倒不愛用三國、孫子技法。理由是他以為，掌權高壓的國民黨，全是浸淫這些中國術數大半生的高人，以子之矛難攻其盾，便特別好向「德川家康」學習。

江明台果真也創造出一些十分鮮明的口號，比如將眾人熟悉到失去分辨力的國歌（原是國民黨一黨的黨歌）裏的歌詞「吾黨所宗」改為「吾民所宗」，充分顯示出他的信念所在。或者是提出「羣眾、黨外、國民黨三角形等邊不等值」的這種複雜的計算方式。或者獨排眾議，提出「政府不能像企業公司」這類主張……。

人們私下便紛傳江明台還熟讀馬克思，來源自然也是日文書籍。在那個公開稱讚「紅色太陽」、「向日葵」都足以獲罪的時代，海關對「馬林諾夫斯基著」這樣的書一律查扣——既姓「馬」又是什麼「斯基」。

要讀馬克思，自然只有靠外文。

人們稱許江明台以後不僅能掌握流利的日語，還多一項助力——英文，他那個即將結婚的妻子，在「美國新聞處」工作，英文自然極佳。而且，與美國人建立密切關係，在黨外人士動輒遭莫須有罪名逮捕的其時，相信會有所助益。

這個婚禮往後堪稱做「世紀婚禮」被傳誦一時，也因著是日會有不少新娘的美國友人到場。另一方面，所有反對運動的重要人士、關懷分子，必然齊聚一堂。

戒嚴令下所有集會遊行都遭禁止。兩個人以上在公共場合聚會便構成被逮捕的理由。黨外人士只得藉著婚禮、祝壽、葬禮等等這些有關當局無從禁絕的民間活動聚會，以期凝聚向心力相互鼓舞，並程度上挑戰戒嚴法。

便是低調的以舉辦婚禮、由不相干人士出面商借，才能順利借得首善之都一級觀光飯店最頂層的「天外天」，一個以觀賞都市夜景出名的浪漫所在。

由極端貧困的南台灣地區農、漁民選出來的江明台，是首創在像「天外天」這樣的一級觀光飯店舉辦婚禮的黨外人士。他的理由是，這些有外賓、外國遊客出入的觀光飯店，本身會是種最好的保障。國民黨礙於國際觀瞻，不能在有「國家櫥窗」的觀光飯店內做得太過，所以就算黨外人士有超過的言論、活動，也不會立即遭派遣來的鎮暴部隊鎮壓，被一網打盡逮捕。

據聞讀過馬克思、倡導工、農、弱勢者大翻身，並對中國革命十分嚮往的江明台，選在「天外天」這樣的觀光飯店結婚，還有另個重大的理由：他希望一向被認為嚼檳榔、穿拖鞋的反對運動者，將來不僅政治上能進入民主的殿堂，生活上，還須提高品質，方能上得了檯盤。

是夜的喜酒便大膽的採用西式自助餐方式，一改傳統喝喜酒不外大吃大喝、杯盤狼藉，吵雜紛亂中滿是喝多了的賓客和四處亂竄的孩子。

預計這場喜宴的性質，白色恐怖下，賓客絕不會帶小孩來，甚且太太都不會來，人數易於掌握，新娘史麗麗還精心安排座位，要讓具同樣身分、背景的人坐在一起。

江氏夫婦首創的「天外天」黨外婚禮模式，果真在反對運動時期的各式聚會、在台灣各地廣被使用，除了據説真提升了黨外運動的素質外，最重要的是希望能較有保障。

然就算國民黨不會在觀光飯店當場逮人，是日派來的便衣可不在少數。從門口等候的計程車、lobby、咖啡館坐著抽菸的三三兩兩男女，甚且直接混進「天外天」結婚禮堂的，都是黨外人士熟知的：

——抓耙仔。

婚禮瀰漫著如此緊張的氣氛。

（可是為什麼賓客相互曖昧淺笑、竊竊低語？）

始自前一天，江明台就單獨住進這觀光飯店，有別於一般新娘、新郎在婚禮舉行的宴客當日，才進駐飯店提供的一間小套房，好做為休息、新娘至少換三次衣服：白紗、席間、送客三套禮服的所在。

江明台一直守著電話，每次鈴聲一響，便迫不及待的伸手去接。甚且在婚禮當日下午，新娘已化好一臉新娘妝、穿上白紗禮服坐在他身旁，江明台仍不時盯住電話。

提高這緊張氣氛的，是江明台兩個省議會親信助理，不時的開門進來，在江明台身邊耳語。

而是夜將到抵「天外天」的，是所有黨外運動的菁英分子，從層級最高的立法委員、國大代表、省議員到縣市議員，都將前來。

（紛紛的耳語傳遞：是不是藉這次婚禮聚會，黨外人士將齊聚一堂簽署一份「國是聲明」？）

將一定到來的，除了外籍記者、世界性人權組織人員，還有美國新聞處同仁以新娘友人身分參加婚禮，雖然主任以事先答應一項國民黨重要晚宴為由不克前來。

（這些對國民黨有所批評的老外，會藉此有什麼動作？）

尚未舉行的婚禮，便瀰漫著如此緊張的氣氛。

（可是，為什麼又四處瀰漫著諧謔的竊竊低語？）

一隻鳥仔哮啾啾

在那場往後將被稱為反對運動「世紀婚禮」的進行中，為了要增加「婚禮」的氣氛，也請來歌者表演助興。

〈補破網〉、〈一隻鳥仔哮啾啾〉這些象徵台灣悲情命運的民歌，自然在必有的曲目中；而像〈黃昏的故鄉〉這類代表海外主張台獨的黑名單分子有家歸不得的心聲，也特意著重安排。

（要唱給在場的美國人聽？）

當然，新娘也提出希望不要太為難她的美國友人，整個晚上都聽這些台語苦情歌曲，能唱一些英文歌（她或是不想婚禮唱的都是「哭調仔」，會是壞彩頭？）。

素有「黨外謀士」之稱的江明台，果真不負新娘指望，同意在這類台灣人的聚會裏第一次大唱英文歌，不過，高明的指定要唱We Shall Overcome, Where Have All The Flowers Gone, The House of Rising Sun等這類有反越戰、黑人民權意義的民歌。

唱英文歌的歌手，則由新娘自己去找。

是夜便來了一位身材高䠷、胸部豐滿、臀部圓肥的歌手，她長髮披肩、身著喇叭褲、手抱吉他。

始自六〇年代，在都會裏，特別是有美軍駐紮的所在，或首善之都，便有這類唱歌的女子：

她們在「美軍俱樂部」、bar、觀光飯店夜總會等獻唱。多半留一頭垂肩的直長頭髮，染成黑褐色，中分、閒閒的垂掛在頰上遮去兩邊顏面，臉只剩長窄的一條，不顯得頹敗好似還相當困難。

眉通常是剃得極細挑得極高，又粗又長的假睫毛與描得濃黑漫長的眼線裏是鬼火一般的黑眼珠，眼影又是青藍色一大片，黑色的鬼火上還閃著青的燐光。唇是流行的極淡粉紅色口紅，淡到近乎無色，一只嘴便像透明，吃人啃骨還都無聲無息。

她們晃動一頭中分長直褐髮，髮絲不乾不淨的纏繞，臉被遮得更小，濃黑色的眼睛斜斜的望出來，真能勾魂攝魄。

她們唱英文歌，故意壓低的慵懶聲音，含在嘴裏不清不楚的咬字便能毋須追究。這披散著一頭中分長髮的女歌手，被要求在婚禮未開始前演唱，而且要她唱些其時正流行的英文歌曲，為著沖淡明顯越來越緊張的氣氛。

收禮金的前台不斷傳來，有不相識、也不像黨外人士的客人，不斷湧進，俱帶來不差的禮金，看來是夜賓客沒有三分之一，至少有五分之一是國民黨的「抓耙仔」。

「真是好賺、賺得富死了。」一管前台的助理說。

可是耳語四處紛傳：

──新來的那個，頭髮那麼短，軍方的啦！

──穿中山裝那個，一定是調查局。裳嘛稍換一下，假一下嘛好，這款模樣也來，實在有夠欺負人。

而在場的黨外人士，彼此撇撇嘴、擠擠眼互相暗示，除了明顯是針對這些看似有闢單位人員外，還不斷瞥視靠「天外天」入口處，一字排開的五、六個壯漢。

那五、六個中年男人，一整個下午在入口處守望，機警的細看到來的客人，眼光還尾隨他們進入會場。這些口嚼檳榔、穿西裝但穿布鞋的男人，一看就知道是黨外公職的「柱仔腳」，最可能的是來自江明台南部選區，因著他們一身曬得棕紅、久經風霜的膚色。

他們還敞開西裝上身不扣鈕子，好似一需要，便可甩掉那會阻礙動作的衣裝，腳上布鞋也十分方便跑路。他們不只布置在電梯口、「天外天」入口，連飯店一樓大門、側門，也見五、六個成羣的這類粗壯男人。

賓客瞥眼他們，再紛紛壓低聲音交頭接耳，整個「天外天」充滿詭譎異常的對峙，氣氛如此緊張，連那長髮中分、蓋去大半臉面的歌手故作慵懶的唱的流行歌曲，也難以沖淡。

便是一定有人對音樂十分不熟悉，在明顯一連串和弦，歌曲就要告一段落時，在一片低語慎行中，突然有個原音樂掩護下極大的嗓門，蓋過錯落的話語聲，正趕上音樂空檔，直直傳出：

「我講這個唱歌的，和那個說要來鬧場的，這款相像，頭鬃嘛是直直長長，大目大嘴、身材……。」

「喂喂喂，你三八人，哪會講這。」另個聲音插入企圖打斷，同是個大嗓門的男聲。

原說話的想必意會到說錯話，也想圓場，便更大聲分辯的說：

「唉呀！夭壽，講不對囉。我說嘛，那個要來鬧的，鬧什麼，咱議員對伊對得起啦。伊也不會自己想看，和伊相好過的，今晚來到現場，十個人一桌，恐怕坐無十來桌，嘛有四、五桌……。」

「吔吔，你無喝酒就講酒話，起猾！你無講話無人當你啞巴。」

有片刻會場明顯的安靜下來，原還說話的賓客覺察有什麼事發生，紛紛警覺的停下話張望，有人更緊張的離開座位走向門口。倒是音樂適時的響起，女歌手撥出幾個吉他和弦，開口又唱了起來。

透過麥克風響大的歌唱與音樂，顯然是最好的屏障，紛紛的，像魔咒解禁，「天外天」數百名來喝喜酒的賓客，原只以片段低語、眼神傳遞訊息，這下全大聲交談了起來，嗡嗡的話聲不絕，整個會場這才開始如同一般的喜宴，吵雜而且紛亂。

幾乎所有的人都四下張望，眼光徘徊在門口那五、六個穿西裝、布鞋的壯漢，再飄回台上唱歌的女歌手。

「敢有親像？我感覺那個要來鬧的面相卡長、卡尖，和唱歌的這位水不同款。」

「我看恍惚有像。要有坐四、五桌的『表兄弟』，一定是相當水。」

有人便在紛亂雜沓聲中提高聲音，對著隔桌的人喊叫：

「你敢是坐四、五桌那些人其中的一個？」

「不敢，不敢，哪有我的份。要和咱議員老大的做表兄弟，還不夠格。」

說話的人裝出一副謙遜的臉容，但嘴角揚起不住歪歪的笑。

不知內情的，便慌忙左鄰右舍的探問，生怕漏掉什麼足以致命的消息似的，有人還惋惜的連聲道：

「敢真實會來？那無來，不都看無，不知生作哪款，敢真實水？妖嬌否？」

「有水否我是不知，我看，功夫一定是一流的。」

嘿嘿嘿，一羣人壓低聲音笑了起來。

但也有些角落裏，坐滿十個人的圓桌上沒有人說及這事，偶有一、兩個不知情的要探問，被鄰座拉拉衣襟、夾夾眼，全噤了聲。止不住好奇的，便會藉故起身到別桌打招呼，還未開口，有人忙笑問：

「你們那桌坐三、四個表兄弟，有講什麼精采的？說來聽聽！」

一桌坐滿黨外運動稱得上前輩的歐巴桑（多半是二二八受難者家屬），家人在吱吱喳喳罵了一陣後，倒是有個較年輕的開口道：

「要對付一個手無寸鐵的查某，敢要動用樓上樓下二十幾個這大欉的查甫人，敢否給人看笑話。」

「這妳就不知，聽說是國民黨在插手，故意要那個狐狸精出來鬧，鬧愈歹看愈好，下黨外的面子。聽說要帶很多打手來，和這裏面的抓耙仔裏應外合，咱不得不防。」

原部署的「抓耙仔」就是為協助鬧場？不為政治理由？有人鬆了一口氣。但究竟會不會來鬧？鬧了會成什麼場面？這類似的疑慮一直遍存在場的賓客間。

但逐漸的，整個事件發展出新的、不預期的趣點，適才緊張氛圍的慎防「抓耙仔」藉故鬧場，現在轉成各種諜對諜——猜究竟誰是那「一桌十個、在場能坐四、五桌」的「表兄弟」。

在長達近五十年的白色恐怖，在動輒遭逮捕、下落不明血淚煎熬的各式悲情聚會裏，在一貫只有慷慨激昂的抗爭訴求，在牧師證道、眼淚、苦情歌曲以為慰安中，終於至少有這麼一次，黨外時期艱困才取得機會的羣體聚會，出現了真正諧謔的笑鬧。

更是開反對運動先例，一屋子不管幾分之幾是「抓耙仔」、「黨外人士」，對立的雙方首次有了齊一、一致的對象目標：

——尋找「表兄弟」。

而掌握電話監聽、跟蹤的「抓耙仔」，應該會有更多的消息來源，協尋出除了現有的四、五桌「表兄弟」外，那些尚未現身的。

整個「天外天」便瀰漫著真正歡樂、縱情的期待，每個人眼睛瞄來瞄去，態勢詭譎多變，前一分鐘的清白會成為下一分鐘的嫌疑，真正的緊張刺激。

「比每次都在猜誰是『抓耙仔』有意思、好玩多了。」

這場堪稱反對運動的「世紀婚禮」舉行多時後，仍有不少是日的賓客這樣說。

而只有坐著二二八受難家屬那桌，一羣上年紀女性多半冷著臉寒著眼神。當中一位來自過往堪稱「台灣第一家庭」、守了三十幾年寡的老太太（她留日博士的丈夫、兒子俱在事件中不知去向、連屍體都不曾尋獲），瞥一眼守在門口的那五、六個武壯男人，不屑的說：

「真是不三不四，這款查某，『北港香爐人人插』，不知會帶來什麼衰運哩！」

而「天外天」門口、電梯口、一樓入口與側門，守著那二十幾個穿西裝、布鞋，一看極可能是黨外公職人員的「柱仔腳」，小心戒備的守衛。

婚禮裏裏外外、瀰漫著不同緣由但俱緊張異常的氣氛。

北港香爐人人插

上半部

人們俱想親眼目睹那「一桌十人、至少四、五桌」——至少被四、五十根陽具（北港香爐人人插）的女人。

看過人們多半的反應是：

沒有那麼漂亮（風騷、狐媚、迷人、性感……）。

還不錯啦（中等、普通、過得去、馬馬虎虎……）。

然後人們問：這樣的姿色，又非絕色，怎麼有那麼多男人要插？

答案多半在那衣服遮去尚見不到的身體。人們於是紛紛品評臆測的說：

身材不錯（胸部有夠大、屁股有夠浪）。

連帶著便要說：

功夫一定一流（那地方搞不好和其他女人不一樣）。

這樣的女人臉面漂不漂亮因而不重要（當然也不能太差），重要的是要有一副美好的胴體，必然要能性感、肉欲。

她因而可以被喚做「麗姿」，就叫「林麗姿」吧！林是大姓。

人們便從那黨外的「世紀婚禮」即將舉行的「天外天」（首善之都其時最適合看夜景的浪漫所在），一覽無遺的越過城市上空，來到這個林麗姿的住處（並對她做出種種極其殘忍不公的指控）。

●

她先是覺得痛。

不知有多少時間未曾容納食物的胃，好似乾脆黏在一起，貼肚貼背的全貼在一起，再久後，未有食物消化的胃，大概把自己都用胃酸消化殆盡了，只覺得那地方一片空無中蓄著巨痛。

當痛由胃、蔓延到腸、心，再到肺，她想一定有個東西在她體內搗絞拉扯她的內臟，直到疼痛滿滿塞住她整個胸腹，隙縫不留。

即便在這樣疼痛的時刻，她仍感到直挺挺的面向上躺臥時，她的下體張開處，冷冷的風直灌進空蕩蕩的陰戶內，沿著腸、胃、食道、氣管，直上達嘴。而整個疼痛的體腔內，仍留著這樣一管未被填滿、空蕩蕩的陰道、連疼痛都塞不進去，空洞的敞開在那裏。

她於是在床上翻轉各種姿勢，以期能減低那疼痛，也阻住那管在體內好似無盡在膨脹的陰道的需求。幾經折騰，試過各種部位，她發現趴身向床，再收回雙腳併攏、雙手環抱胸肚蜷曲著身子，將全身重量經由貼住的額頭、手、腳交給床去承受，那疼痛才能稍略和緩，而空洞敞開的陰道也才暫時被壓擠住。

（被四、五十根陽具插過的女人胴體，會是怎樣的？……

聽說最愛男人手托著陽具，從後面往裏面抽送呢！

聽誰說的？

那坐得滿四、五桌的四、五十個男人嘛，還會有誰？聽說不少試過的都這麼說，交換心得。大概錯不了。

從後面據說才插得深、操得猛、抽得重。吃過這麼多各種口味，四、五十根不同的陽具，光想想有機會擺在一起，粗的、細的，長的、短的，歪的、直的，硬的、軟的，有包皮、沒包皮，早洩、持久，前粗後細、前細後粗，龜頭圓的、龜頭扁的，四、五十根陽具全放到她裏面。嘩！被四、五十根陽具操過，試過這麼多，口感一定變重了，越吃越重鹹，沒從後面這樣子操，聽說還真不會爽呢！

怎麼從後面來？像母狗一樣趴下來就可以。不只全身趴下來，聽說還最愛把頭頂在枕頭上，雙腳彎起來放床上，屁股再高高翹起，整個人，便是這一管待操的陰道暴現在男人前。

老實說，這樣等著要被男人陽具插入的女人胴體，究竟會是怎樣的？……）

她維持趴伏在床上的姿勢，那樣把腳併攏彎曲，將臀部放在腿上，穩穩的將全身重量由臀到腳的放置在床上的感覺，每每讓她覺得安適。

然後她方感到自己流了一身冷汗。

那男人有一雙終年終日都濕淋淋的汗手，即便剛在紙上拭乾，立即又濕黏答答的一手冷汗。他第一次拿這樣一雙手撫摸她的身體時，她才發現，她連他的手都未曾牽過，才會不知道他有這樣一雙令人難堪的汗手。

難堪，是的。那濕冷的手滑過暖軟的肌膚，像一條蚯蚓蠕動過，更確切的說是毛毛蟲，長毛無細腳的鬆軟蟲體，爬過留下一道蜿蜒黏液，一身雞皮疙瘩都起來。

所幸他像其他絕大多數男人，他們的撫摸不為取悅她的身體，而是要使自己能勃起。那雙濕淋淋的手便永遠都只繞著她的乳房遊走，一遍又一遍的擠弄乳房那點面積，濕淋淋的汗漬全累積在上面，便像毛毛蟲的蟲體戳破，流滿一灘青綠、褐色、甚且雜色的濃液，腥腥的羶味。

如若先牽過這樣一雙汗手，她還會讓他上身嗎？

會的，她自己再清楚不過。

他們在反對運動的活動裏偶見過面。她是女人，被安排的不外是在黨外雜誌幫忙校對、跑印刷廠。在油印傳單時，幫忙用她娟秀的女性筆跡刻鋼版。

比較特別的是，在那場抗議不經司法程序誣陷一名黨外立法委員、並加以逮捕的遊行裏，她有機會站到前面與參與遊行的女性們並列。上寫斗大抗爭標語的布條還輪不到她來拉，拉這布條的，得是黨外極少數的女性公職人員，那種家裏幾代都從事政治的人物，要不，就是受難者家屬，二二八、白色恐怖的政治犯家屬。

像她這樣年輕、無資歷，在反對運動裏占不到一席之地。如若不是膽敢參加的女性實在太少，本輪不到她站前幾排，何況，她還有那樣的名聲。

安排女人站遊行隊伍的前排，是素有「黨外謀士」之稱的江明台一再強調的策略。女人容易給人「愛與和平」的非暴力印象，有助遊行的形象塑造。而且，派遣來的鎮暴部隊、情治人員都是男性，期待他們對女性或會手下稍留情吧！

活動結束後，他們在鄰近一家咖啡館閒聊，原是一夥人在做檢討，最後紛紛散去只剩他們，接下來她隨他回雜誌社，深夜無人裏在沙發上讓他有了她。

她這才知道他有這樣一雙濕黏到令人難堪的汗手。

不過她沒有後悔，他正是她一貫喜歡的那類男人，有見地、有想法、氣魄不凡，還在為理想打拚獻身。一雙濕淋淋的汗手雖令她感到有若整隊整隊的毛毛蟲在她身上蠕動翻爬，即便不斷想起他追求的黨外偉大民主使命，也無法除去那種作嘔的噁心。

但也因此她以為她更需要加倍的愛他、疼惜他。這雙汗手，現在造成不便，將來，更足以致命呢！能想像一個反對運動的領袖，伸出來與外賓——比如美國參議員、日本《朝日新聞》主編握手的，是這樣一雙濕淋黏膩的汗手？

這個林麗姿要直到知曉素有「黨外謀士」的江明台，要與任職美國新聞處，身家清白會講英文的史麗麗結婚時，才霎然間想到：

她開始愛上他的，或就因著那雙汗手。

（被四、五十根男人陽具操過的女人胴體，會是怎樣的？

聽說淫水很多，只要一碰，連進去都還沒有進去，就裏裏外外流得都是淫水。

誰說的？又是那四、五十個男人中有人說的？

當然，據說還不只一、兩個，很多人都這樣說，陽具還頂不到陰戶口，淫水就氾濫，濕黏滑膩大片大片流出來。

遇水則發。這些男人樂得很，紛紛都這樣說。

怎麼不會有淫水？她雖然被四、五十根陽具操進去，畢竟不是職業的。如果是職業的妓女，四、五十個男人算什麼？一天就可以接四、五十次客，長期這樣操，還有什麼淫水不淫水的，古井早就無波了。

和職業的相比，被四、五十根陽具操過的因此沒什麼？那可不見得，光說淫水吧！據說她可是越多根陽具操插，淫水就越流越多。是有這種女人嘛。

為什麼？這得去問那些幹過的男人。

而且，說四、五桌人幹過她，還只是在黨外人士中。她跟黨外比較有接觸，不過這三、四年，就有如此戰績。她還沒進這個圈子前，誰知道被多少人玩過了？

坐坐說不定十來桌呢？

被這麼多根陽具插過的女人胴體，會是什麼樣的？看看妓女就知道了？才不呢！她這種非職業的、又被這麼多男人操過，才讓人想看她胴體上有何不同，特別是那地方。

就是被至少四、五十根陽具操過的陰戶，究竟會是怎樣的？）

那一身汗水滯留在身體遍處，點點寸寸皮膚上滿布，原有著宣洩過的舒爽——流汗燒就退了——流過汗就不疼了？可只片刻，那冷汗挾著森森寒氣，直再鑽入毛孔，真好似汗水還會回流似的，把整個身體全阻塞、悶住了。

他那濕淋的汗手撫摸過處，也是這樣毛孔給悶塞的窒礙感。還好他像其他多數睡過她的男人，對撫摸她的身體沒多大興趣，他們擠壓揉捏的永遠是雙乳和下體，每每做完愛，乳房上像糊了一層鼻涕，乾後還略緊繃，她總想上面會留下細細的鹽分。

不都說汗是鹹的嗎？

她避開那層骯髒的嫌惡，愛戀中的女人喃喃的訴說乳房感覺像鹽醃過，他便會低吁的說：

「像小時候夢寐以求的鹹鴨蛋呢！」

成長在戰後貧困時期，雖是一般家庭，物資自然也不豐足，早餐桌上即便出現鹹鴨蛋，也一定對半切，鹽醃過的蛋除殼後，是一種滑軟的乳白色，切成兩半趴在盤子上，真是兩個小小高低起伏的雙峰。

她便會為他匱乏的成長，用女人善感的心更加愛他憐他對他好，更加推崇他為弱勢者代言，為受剝削的工、農爭取權益。

雖然她的童年，連對半切「像醃過的乳房」的鹹鴨蛋都沒有。

至於那一雙濕淋淋的汗手，搓揉她的下體，她再怎樣都無從有「鹽醃過的乳房」這類圓轉的說法。她還不在乎他手上黏糊糊的汗沾滿她的陰戶，那原就是個白帶、月經、淫水出沒的地方，但她實在嫌惡（極難忍受），他為了要勃起，便拿手（通常是右手）使勁的在手心搓送他的陽具（他像睡過她的多數男人，通常不要她協助他們勃起，好像勃起該是他們分內的事，否則十分難堪沒面子。）

他一再緊張的捏弄，手上的汗水一定出得更多，黏黏的一層層全裹在陽具上。等他要、能夠插入時（他進入後才逐漸轉硬），她火熱、張開的陰戶，承受的便是一條濕淋淋、黏糊糊、冷冷涼涼軟軟的陽具，每使她想到豬肉攤上切下來要賣的一截豬大腸。

她媽媽在市場擺的是一擔「大腸米粉」，這個林麗姿從有記憶開始，便是一截大腸抓在手裏擠揉把玩。懂事後她方知道，那是用明礬、用鹽在清洗大腸。

媽媽會先把切成一截一截的大腸翻過來，露出有許多細褶凹凸，粉粉色澤滿是濃白黏液的內部腸壁，有時候還有糞便留在褶縫裏，得先用水沖掉，也沖去部分像鼻涕一樣的黏液。

然後加上明礬、鹽，再將一截截大腸放在手心裏抓擠捏搓，直到流出一股乳白色腥羶的濃液，像擠破瘡流出膿一般，才用水清洗。得反覆數次，洗到腸壁明顯變薄，最重要的，褶縫裏不再殘留黏液，才算洗乾淨了。

待洗的大腸通常是切成一截截後放置在盆內，還是孩子的林麗姿手小，便得兩手放入滿滿的一盆大腸內抓揉搓捏，久久才能靠明礬、鹽與腸壁的搓擦，將像鼻涕、膿瘡一樣的黏液洗去。

這個林麗姿因而每每躺下來，張開雙腿，等待著江明台用汗濕雙手將搓過一陣、濕淋淋黏糊糊冷冷涼涼軟軟的陽具，在她的陰戶口搓揉試圖要進入，心中想到的，是那一截截翻過來腸壁細褶內滿是黏白濃液的豬大腸。

而那陽具，還該沾滿汗液裏的鹽分。

俟那陽具終能進入，在她陰道內抽擦，她便要十分自覺的感到，陽具沾染的鹽分，在她的陰道內不斷隨著抽送，將鹽分沾染滿整個下體體腔，像以鹽要搓揉洗淨豬大腸一樣。

她躺在那裏，在逐漸升高的快感中，究竟是他的陽具、或她的體腔、陰道，才是待以鹽清洗的豬大腸，便難以分辨了。

他像睡過她的許多男人，在整個過程是不出聲的，也沒什麼話語，倒是有一、兩回完事後翻身下來，繼續談論他的改革理想，大聲述說政府該成立基金補貼稻米價格，協助原住民在成立的保留區內就業、避免再將女兒賣入妓院，才突然顯出一個曖昧的笑，放低聲說：

「妳那個就是生得窄又沒太多水，才會緊又好。」

接著又談起「老農的年金補貼」。

（被四、五十根陽具插過的女人胴體，而且，這些陽具的同質性又這麼高，都在黨外圈子內，被這麼多「同志」的陽具操過的女人胴體，特別是陰戶，會是怎樣的？

總不至出現「台灣主權」、「台灣獨立」這些字樣吧！會浮出一個台灣島的圖像：大陰唇、小陰唇，張開像台灣島前影，兩頭小中間大，陰蒂是北台灣的基隆？

還據說這女人天賦異稟，陰戶雖被這麼多「同志」操成台灣島形樣、卻始終粉嫩粉嫩，宛若處女，不說台灣是「福爾摩沙」美麗之島嗎？她那個可真是美麗，才吸引這麼多黨外男同志，作夥打拚耕耘，軟土深掘，挖越深水出得越多，這般肥沃之地，難怪同志們「吃好鬥相報」，爭相走告，邀請大夥共同在此建立「台灣國」。

不過，就算被四、五十根陽具操過的女人陰戶，還能粉嫩粉嫩的色澤，會不會陰戶長毛的上方，因為一天到晚都在迎承，所以越操越高起來？海島不都有造山運動。還有，大陰唇、小陰唇會不會越摩擦越大片、頂端的陰蒂，越幹越大顆？海港不常泥沙淤塞、會有占海新地嘛！

被四、五十根陽具插過的女人陰戶，一定會有變化，究竟會變得怎樣？）

那疼痛雖因趴伏的體姿略見緩和，但痛感仍在，像暫時潛伏待狩獵的獸，在地上磨抓牠的利爪，伺機再出來給予致命一擊。在胃一陣痙攣的絞痛後，她張開嘴朝外吐氣，好似那積淤的痛真能從口鼻處噴洩出。

然那噴出的氣經過喉頭轉為呻吟，乍聽連她自己都覺得像叫床般。悚然一驚一陣心虛。

他不像睡過她的一些男人，喜歡聽她叫床。她知道自己叫得可真好聽，從輕聲細吁、急聲促叫到呻吟呼喊，她都有本事變換使用，配合男人的快慢衝刺，細磨慢研，讓他們以為他們在她身上營造出怎樣巨大的快樂。

不知始自何時，他們每每初識即要求跟她上床，白色恐怖誇張了隨時都有被逮捕的危險，她常以為自己會提供最後的慰藉：被關十年、十五年、甚至終生的男人，她會是他們坐牢前的最後一個女人；當他們在牢裏打手槍時，她是他們最清晰的幻想。

但這些男人並未被捕。只睡過幾次，在一起幾個月或一陣子後，開始避不見面，她同樣再輕易見不到他們。

叫床因而成為留住他們的必要手段。枕邊細語中，男人們多半透露，其實他們睡的女人，多半是不出聲的。

「像一段木頭。」他們說。

他卻比較獨特，在與她做了三、四次愛後，制止她的叫聲。她原以為他識破她的做作，卻聽到他背過臉去蓄意不看著她，說：

「又不是營業的。」

在那個妓女還大多是為生活所迫的時代，應付來自日本、越戰美軍及本地買春客，原住民、貧困少女淪為「性的被剝削者」——江明台如此稱呼他關懷的弱勢者。

這個林麗姿在乍聽江明台將她稱做「又不是營業的」，立即來到心中的，並非去挑戰他一貫「營業的是社會的犧牲者」，而是心頭泛起一陣極其甜蜜的喜意。

「他對我是真心的，不會睡睡就算。」

這個林麗姿如此解釋江明台這句話，並從此不再出聲。雖然叫慣了「好舒服」、「你把人家弄得受不了」、嗯嗯啊啊、喲呵唉噢，在真正暢快時她仍直截、本能的會發出聲音，但她總小心壓制。

那來到喉嚨未能傾瀉出的聲音，好似真可以呼應、牽引下體的快感，一方被抑遏另一方便也未能形成，雙雙在體內失散。有時候她甚至滑稽的以為，發出聲音的喉管與陰道，在體內是相通的，才會上方的壓抑同時阻絕了下面的快感。

而未成形未能散發的叫床與高潮，一當回歸身體內部便彷若被沉重的血肉吸附了，沉潛的回歸肉身，時間久後，甚且再難相互牽動、相互釋放。

她制止來到唇際的呼聲，屏住呼吸，壓低陰道內逐漸升高的快感，安心的想：

「我和她們是不一樣的。」

在清楚意識，並蓄意要「不一樣」後，她明白她的過往足以造成的傷害。特別是發現自己在床上也只能與一般女人無異時，她頓覺無依並深自感到恐慌。

她開始恨自己何以兩人初次被介紹認識的遊行是日，就讓他有了她（她都還不知道他有那樣濕糊糊的一雙汗手）。她原該與其時的一般女人一樣，先從拉小手，進到擁抱、接吻，最後才接受愛撫、插入，而且每個階段都要有充分的時間間隔，好讓男人知道她們的貞潔。

懊惱自己缺乏這些階段與過程，這個林麗姿在一次燕好之後，畏畏縮縮的不敢抬頭低垂下眼睛，囁囁嚅嚅的低聲問仍裸身躺於一旁的江明台：

「你會不會覺得我很隨便？」

男人顯然沒料到會有這樣的問話，稍一沉吟，然後不動聲色的道：

「不會啊！我只是覺得妳比較活潑。」

她伸開雙臂，狠命的緊抱住身邊的男人，淚水真正是奪眶而出，哽咽中原還待說著什麼，一聽從喉嚨傾瀉出的聲音竟彷若呻吟，她警覺的立即止住出聲。

（被四、五十根陽具操過的女人的胴體，究竟是怎樣的？

聽說陽具一碰到陰戶，連進去都還沒有進去，就開始哀哀叫。更不用講陽具一插進去，不管大的小的、粗的細的、軟的硬的，叫得可真慘烈，厝邊隔壁都聽到不說，搞不好幾條街外都聽得到。

如果台灣建國運動的理念，能藉著她的叫聲傳出去，搞不好，台灣建國早就成功了。

有人試過，說連哼都不哼一聲，哪裏還會叫？

敢有這種可能？親耳聽到四、五桌人中有人這樣講，不只是會叫，還一叫的時候，胸部就會隨叫聲上下起伏，叫聲間隔時還會大口喘氣，一叫、一喘息，兩粒奶子，隨著上上下下顫動作一團。

聽說奶子本來就大，白糊糊一大球在胸前，中心兩顆龍眼乾子黑不窿咚，男人一面騎在上面幹，一面伸手搓那兩粒大奶，像擀麵團一樣，隨陽具前後抽送，一下子推向前，一下子搓到後，真是奇觀。

聽說最愛被這樣正面壓著，下面陰戶被插，上面奶子被搓。

曾經說過最愛趴著被從後面幹？

管他的。不管喜歡從正面、背面幹，被這麼多陽具天天操，夜夜春宵需要量大，陰戶幹得早像布袋一樣，又鬆又垮，不管怎樣大的、長的、粗的、硬的陽具在裏面，都上不著天，下不著地，在中間獨大呢！

中間獨大，就好比台灣島獨大於台灣海峽，台灣不就獨立了？建國不就成功了？可見，同志大夥共同打拚、出生入死，真的能「兼善天下」嘛！

說真的，被四、五十根陽具，從正面也操、背面也幹，還能彰顯「台灣獨立」、「台灣獨大」，這樣的女人胴體，究竟是怎樣的？）

那蜷曲雙腿趴伏在床上的姿勢，時間一久後，再度失去鬆弛翻腸倒胃的痛感，整個身體內又傳來錐肝刺心的絞痛。

她再止不住從喉嚨發出大聲呻吟，也不管聽來是否像叫床，她一面喘息、哼唉著，一面伸手去搓揉腹部。

然後，那欲望清楚的湧現。

他來道別時並沒有如往常要她，他衣著整齊坐在她小小房間大床上的床頭，不知為何讓她覺可笑，但他著意不看她，極為審慎的說：

「我以為還是我自己來告訴妳，比妳從外面聽到好。」他稍一停頓：「我就要結婚了。」

她沒有誤會他口中的「結婚」是和她，他們從不曾碰觸這個問題，雖然他每次要她，總強調他對她的人道關懷與照顧，是「疼惜一個被剝削的姊妹同志」，是「安慰一個被惡質男性強權傷害的女性」。

這個林麗姿直到這時刻，仍不曾真正意識到絕望，雖然她一再企圖挽回。一陣陣眼淚、泣訴後，她仍直直的問：

「你不是說隨時會被抓，不能結婚。現在能結婚，為什麼不娶我？」

安撫了她大半個晚上的江明台，似終於一定決心，破釜沉舟的道：

「老實講，我沒有辦法忍受。妳知不知道外面盛傳，與妳結婚的話，喜宴上，和妳睡過的男人，坐坐沒有十來桌，也有五、六桌。這樣的婚我怎麼結？」

「可是我跟你在一起時，就已經這樣，我不是問過你，覺不覺得我隨便，你還說我只是比較活潑。」

江明台歪著嘴，無聲的笑了起來。

「妳連這樣的話也相信？床上什麼不會說？妳這樣問，我還能怎樣答？」

她看著他，那晚上第一次，她千真萬確的明白，她失去了他。

模糊的有恐慌，真正的痛還未曾到來，心尚是一片平白，欲望卻是無聲無息的襲捲而上，波濤洶湧，並一發不可收拾。

再做一次，就算是最後一次，到下個男人到來前，至少間隔時間會較短，毋須忍受那麼長時間。他上次要她是哪個時候？兩、三個星期前？再下一次是一個月前？他一直以忙、有關當局盯住他為由拖延，她居然相信他，也可以忍受並安心等待。那不虞有男人來睡她的無匱乏感覺，顯然使需要不致如此迫切。

可是一當明知已然失去，那每一分、每一小時的等待，都有了致命的危機。就算做最後一次，她便能從是夜才開始等待，而毋須追述到兩、三個星期前他最後一次有她，至今已有如此長時間的空檔。只要再做一次，她至少可以有較長的時間再讓另個男人上身。她或還能從拉小手、接吻、擁抱、插入慢慢一樣一樣來，而男人或會對她有較多的真心。

她趨前去擁抱他、吻他，一隻手往下探索。江明台顯然以為她是想藉此留住他不得脫身，冷淡的漠然道：

「現在還想靠這個？沒有用的。」

這個林麗姿往後想，是在江明台說這句話時，她決定應該讓他付出代價。

她不曾任他像過往的男人，從她身上說走就走。

（被至少四、五十根「同志們」的陽具操過的女人胴體，究竟會是怎樣的？

只要想一想，這個女人的下體，被至少四、五十根陽具，射入至少四、五十種不同的精液，而且夜夜春宵，每種男人的精液都大量進入她的體內。她的下體儲存四、五十種大量的不同男人精液，豈不是個「公共廁所」，你丟我撿，穢物全往裏面倒。

不是說不同的男人的精液混合在女人的下體內，比什麼都毒。子宮、陰道內，長期貯滿大量的不同男人射出的精液，在體內混合久了，子宮就不能受孕了。

妓女不都是做一陣子後就不能生了嗎？

同一個男人的精液適度的留在女人體內，能滋補強身，養顏美容，但如人多且雜、量又大，本該有損，她卻如此明豔肉感，聽說就是因為天賦異稟，天天被至少四、五十根不同的陽具輪流操插的結果。

被至少四、五十根陽具操過的女人胴體，如果不憔悴粗損，又會是怎樣的？）

她仍趴身在床上，雙腿蜷曲，穿過膝蓋墊高的空間，伸手進去搓揉疼痛的胃腹。然後，極為突然的，那欲望明顯的到來。

她的手往下伸。

「如果能做一下，會不會比較不痛？至少和緩一下。」呻吟中她迷亂的想。來道別那夜裏，他如若最後一次不拒絕她的索求，她是否像過往每一回，就此離去，至少再打打電話，嘗試要復合，雖然多半無效。

許多次後她才逐漸明白到，男人們從她身上要的，就是試過她，沒有人有長久的打算。她要的卻是長久的關係，特別是，男人如果是她愛的。

她恪守同一時間只跟一個男人上床，她善盡一個女人的職守，溫柔體貼、照顧這些在運動裏打拚的男人，希圖用她的愛和慰安來撫平他們的挫折焦慮與恐懼。她以為自己盡到一個做妻子能做的一切，甚至決定一當其時在一起的男人被捕，她也會像一個妻子一樣的等待直到他回來。

可是她換取到的，是她在乎的男人一個個離她而去。

這個林麗姿終於決定要有所做為。她不斷給江明台打電話，痛哭苦求，江明台換了電話號碼。之後她到他門口去守候，他乾脆避不見面。

在知曉婚禮舉行的時間、地點後，她放棄糾纏，轉而威脅他。

這個林麗姿得到的是：反對運動圈子裏盛傳，她是萬惡的國民黨派來的「抓耙仔」，滲透在黨外多年，除了告密害不少志士被逮捕下獄，還以美色要讓黨外菁英的公職身敗名裂。

因認同黨外理念（她高中老師，一般咸信是她的第一個男人，因叛亂罪下落不明），投身入反對運動多年的這個林麗姿，生平第一次，想到國民黨是否會真正插手。

她終日在家裏等候，不願錯過任何一通電話、一道門鈴聲。

她屏住氣息，抑止來到喉頭的呻吟聲，側身傾聽，並不是電話聲，只是床頭一只鬧鐘。江明台的助理不久前來電，試探的套話。她知道江明台一定藏身在某處，焦急的等待助理通知她的行動。

她會是他婚禮當天最「想」、最「念」的女人。

這個林麗姿呵呵的張開嘴笑了起來。她的手則下達陰部。

她要自己來，來一下就比較不會痛，至少快感會鬆弛疼痛，或轉移痛感不致那麼刺心，即便時間不長。

她的手觸及陰部，披露出陰核，輕輕的開始搓揑。她自己搜尋出如何使自己舒服、爽。男人們通常不會撫摸這地方，他們的快感不在此毋須如此取悅她，他們要的是提著陽具插入她裏面，開始抽擦。

她在逐漸升高的快感中，閃掠過心中的仍是他的形樣，她閉上眼睛，淚水順著臉頰滑下來到唇際，鹹鹹的鹽味？她加速手的動作，就快了，就要來了，就快了……。

刺耳的鈴聲，是電話鈴，她的手本能的驟然停住。

會是誰？江明台？國民黨？不相干的人？

而另個臨上心頭的意念是：

她是否要停下來接這通電話？

●

親反對運動陣營的女作家，有機會和一位來自國外的著名女性主義者共同參與一個座談會。

座談會採開放式，地點在主辦單位精心安排的首善之都最高的一幢六十幾層建築物內舉行。

（便有人，而且是個男性聽眾提出質疑，何以要將這樣一場具啟蒙性質的女性主義座談，選擇在這樣一個長、圓、高、聳立的典型陽具象徵的建築物內舉行。）

座談會後，與會者到最高頂樓的咖啡座喝咖啡，窗外是下午時分的滾滾煙塵，天因而藍得不頂真確。而從她們所在的位置，絲毫感受不到適才聽眾提醒的：這高聳、排外、刺穿首善之都混亂的天空線的陽具象徵大樓，如何霸占去天空與陽光。

女作家十分好奇的接續追問一個未談完的話題——

何以如此重要的一位女性主義者，居然是從一個左派分子，再轉成女性主義者。

「女性主義難道不會是自發的嗎？」女作家問。

她們用英文交談，兩人都有自己語言的腔調。來自國外的女性主義者用更為流利的英語回答：

「六〇年代，我們和一羣當時自稱左派的男同學，一起參加學生運動。我們一樣出力，能力貢獻一點不比他們差，可是給男同學倒茶、準備吃的，永遠還是我們。」

女性主義者說著，二十幾年後的陳述中仍現怒意：

「大家生活、住在一起，彼此有很自由的性關係，但後來我知道，他們私下叫我們『公共汽車』，甚且『公共廁所』。」

「為什麼是『公共汽車』、『公共廁所』？」女作家一下沒反應過來。

「人人都可以上啊！」

女性主義者繼續說，有意真正的輕視：

「如果連要追求社會革命，所謂有理想、良知的年輕男性知識分子，對女性都還存著這種偏差看法，那麼，最需要革命的，恐怕就不是階級，而是性別，還有他們自己。」

如此，昔時被男同志稱做「公共汽車」，甚且「公共廁所」的，成為女性主義者。

「北港香爐人人插 下半部」

她們要發表一份「婦女政策白皮書」，許多婦女團體的代表齊聚在首善之都東區一家著名飯店，西餐廳二樓的貴賓室西式長餐桌像會議桌，坐首位的是反對黨的婦女部主任。

她們在討論此次聚會最首要的議題：如何要男人交出權力，在各級民意代表取得四分之一（二分之一是理想目標）的婦女保障席次。

冗長的討論裏，女學者、女律師、女民意代表、女性社團負責人等等競相發言，必定會譴責父權社會、男性主控的政治，是國家敗壞、貪污暴力的主因；女人要能確實掌握權力，才能參與改革，創造一個廉能公正安定的社會。

「不僅要換黨做看看、換人做看看，還要換性別做看看。」紛紛有著慷慨激昂的說法。

然發言實在冗長，私下有紙條流傳，是幾個屬較前衛團體的三十多歲女性，她們相約會後是否趕得及去看一場白種男人脫衣秀。

這場彰顯白種男人身體（還不到全裸）的舞台秀，是首善之都首次合法公開的這類型演出（非法的男人全裸秀已不是祕密，更「精采」的更不是沒有）。票房果真沒預期的好，倒是有些自許進步的婦女，會相約結伴前往觀賞。

然而是夜她們會看到的除一場還不到全裸的男人歌舞秀外，搭配演出的，仍然是女人，首善之都的台北各式各樣場所，充斥的各式女性表演。

時到九〇年代，pub、disco、piano bar、酒廊取代過去的夜總會、歌廳、舞廳、秀場，成為娛樂的中心。來消費的也不再是越戰美軍、日本人，而是本地客。女人唱歌、彈鋼琴或兼做其他。

那陣子開始流行染髮，與生俱來的黑色頭髮已是最深重的顏色，便得先去色漂白，才能沾附別的色料。每個唱歌的女人，幾乎都頂著一頭去色染成的褐髮。鬈髮易現媚態，蓬鬆一頭始終睡眼惺忪剛從床上起身似的。

她們在舞台上扭動身體，富裕起來的社會養大的一代有著毋須刻意即豐腴的身體，舉手投足的媚態才是性感所在。頭略一低還須偏個二、三十度，再斜著眼望人，搭個欲笑不笑的唇角，一些縱情、十足慵懶。

但身軀可得動得火辣，豐胸朝前一挺，肥臀繞圈磨轉，盡是些廝纏迎送、慢磨深頂、前後抽插的動作，始終迎著一根看不見的陽具似的，欲拒還迎。

她們壓低聲音，故意的嗲聲嗲氣，吸吐氣之間喘息可聞的唱英文歌，也唱本地歌曲。

她們要發表一份「婦女政策白皮書」，許多婦女團體的代表齊聚在首善之都東區一家著名飯店，她們談著此次聚會裏最首要的議題：如何要男人交出權力，在各級民意代表裏取得四分之一（二分之一是理想）的婦女保障席次。

做為總綱的女性宣言已在冗長的討論後歸類出，如何施壓與使用何種策略，是她們接下來討論的重點。

這個林麗姿直到這個時候才到來。她永遠遲到，這一次更離譜，遲到了一個多小時。

她進來時每個人的表情都十分冷淡，她則昂然的踩著高跟鞋挺著胸部，甚且沒有道歉。在那乍暖還寒的三月春天裏，每個人都「看到」她的穿著。

這個林麗姿穿一件極短的迷你裙，人造纖維的布面上印滿棕色底的虎、豹皮紋路、上身一件鮮橙色的緊身閃亮T恤，緔得曲線畢露，當然，還開著極低的領口。

她進來時的高跟鞋聲使正發言的婦女團體代表停下話，接下來她招呼服務生點一杯咖啡，又使得這名女代表停下來等待好幾分鐘。

終於這個林麗姿坐定也開始細細的啜著咖啡（沾染杯口一圈鮮橙色口紅），雖然已遲到如許久，她很快判定還需稍待才會輪到她發言，心不在焉的由大片落地窗望向窗外。

一個迎神賽會的隊伍正在臨街的馬路上通過，先前走過一頂神轎、鑼鼓陣，後面跟著的一隻龍為紅燈阻斷，彩繪布製的龍身七歪八扭的裂在十字路口前，由二樓高處看，真似原高空飛翔的龍身跌落地面，才碎得片片斷斷。

綠燈車道上久候的汽車長排不絕的移來，已越過燈號的神轎、鑼鼓陣仍停在前方不遠處。窗外想必震天價響的滿是各式聲音：嗩吶、鐃鈸、鼓陣、車聲、喇叭聲，然經過密閉、隔音良好的雙層玻璃，那聲音俱不曾聽聞。

「女人要爭取權力需要策略……。」

發言的婦女代表聲色疾厲的說，透過麥克風響大的聲音吸引在座者的目光、俱凝神靜聽。

而窗外少去原聲，為交通號燈阻斷的迎神隊伍更顯癱散，一截一段失落在密集的車陣洪流裏。林麗姿看了一會，才又見一輛公車後跟上一支旗隊，五彩繽紛盤龍繡鳳的大面「國泰民安」、「風調雨順」旗幟後，赫然搖搖晃晃走來幾個一丈多高的巨大神像。

由所在的位置，從左後方走來的神像，只能見到背面，就算移到觀光飯店大片落地窗，略可看到側臉，仍不知是什麼。但依慣例知道會是青面獠牙的男神，因為個個身後披著黑色、紅色、綠色的長髮。

那一兩丈高的巨大神像，套在裏面扛神的男人，只露出兩條腿，因著神像與人體懸殊的比例，就算再武壯的男人，腿與腳也成異常瘦小，顯怪特詭異且不祥。

前一部車上，有人不斷朝幾個神像撒冥紙，飄飛的冥紙高度只到神像胸部，即紛紛下落，周圍神像周身宛若祂的臉面真具有連冥紙都無法上達的法力。而從約略可見的紅色、綠色、黑色側臉，愈發透著轉過來不知是怎樣可怖臉面的驚懼氛圍。

轉過來會是怎樣的一張臉？

（還有那不成比例的細瘦的腿與如此小的腳。）

林麗姿盯住被阻在紅燈前止住不動的巨大神像背影，被吸附般的難以移開視線，驚懼中好似被定住一定得看到那神像回轉過一張男人的臉。

從來不知道，看不到正臉，只有粗略衣裳的男神像背面，竟較想像中青面獠牙的正臉，更妖異離奇恐怖迫人。

然後她聽到有聲音在喚她的名字，回過神來聽清楚關於「如何從男人處取回權力的策略」正輪到她發言。林麗姿盡快再次瞥眼那仍只見背面、但已緩緩朝前移出落地窗玻璃的男神像，不成比例的男人小腳細腿，正載著不知是怎樣的一張臉，一步步跨出視線。

林麗姿沒什麼思索的說：

「用女人的身體去顛覆男人啊！」

清楚的鄙夷與仇視，出現在婦女團體的代表臉面上。

減法不是加法

這個林麗姿在極短的時間竄起，當選反對黨不分區立委，靠的是婦女保障條款的名額。檯面上的理由是因為反對黨擺不平幾個派系各自推的婦女人選，才由她出線，但是日在場的婦女團體代表，都聽過這樣的傳聞：

她成功的睡了許多反對黨內的重要人士，這些「表兄弟」們為求回報，紛紛沒意見的一致同意推舉她。

在強人逝去，過往被打壓的反對運動成員組成第一大反對黨，靠著選舉，不僅與執政黨瓜分政治資源，還能分庭抗禮，反對黨的重要人士，也開始有掌握權力分配的能力。

便有傳聞，這個林麗姿睡過的反對黨大老，一個就可獲得上百張幹部票，而一個不分區立委，需要的不過三、五十張幹部票再加上數千張黨員票。

婦女團體代表都聽過這個林麗姿睡男人的功力，據說她對自己無遠弗屆的魅力也深自滿意，曾自許的說過：

「哪個男人見了我，不會對我產生遐想，我願意舔他的腳趾頭。」

然而夜路走多了，總有見鬼的時候，反對黨內總有男人（不管是否對她有遐想，總之是不曾睡過）會驕傲的宣稱：

「我的腳趾頭，還不習慣被她舔呢！」

說這類話的，畢竟不是太多，多半男人，都同意，能睡她一下，沒什麼不好。儘管也有她走紅前認識的男人，為表示曾有過近身的機會但不屑為之，這樣說：

「遠看像一杯乾淨的水，但只要一拿近，裏面都是雜質，這樣的水，喝了還不放心呢！」

便從久遠前，和她睡過的男人一一列舉，以顯示「這杯水裏面都是雜質」。

而繼續算下去的結果，有了這樣一種說法：

「和她有多年交情的反對黨××派系重要男性成員，除了派系領導人外，她全都睡過了。」

××派系領導人為何能置身其外？

婦女團體代表都聽過經由反對人士的轉述：

「因為××派系的領導人不是『男人』，這是唯一可以被她接受的理由。」

更重要的是，一個派系從中央到地方，可以有多少重要的男性幹部？××派系在反對黨可是第二大派系！

一種新的計算「表兄弟」的算法於是產生，不僅有異於「一桌十來個、坐滿四、五桌」的傳統方式，還用了不同的程式：

「要用減法而不是用加法，才算得清。也就是說，扣去少數不曾和她睡過的男人，便能很容易得到數目，否則一個個加，不知要加到何時。」

是日婦女團體代表，大都聽過「減法不是加法」的算法，就算她們以前沒聽過，在參與擬訂「婦女政策白皮書」的會議後，也都會聽過。

她們還會聽到各式這個林麗姿性癖好的說法，然在A片公然在電視上放映的解嚴後，少有人過度驚奇。

（除卻紛紛的仍有另種傳言。）

姊姊妹妹站起來

「女人為何不能以身體做策略向男人奪權？」

這個林麗姿以一貫能凸顯胸部的右肩略向前、身體微傾的坐姿，一貫的微抬下巴、瞇細眼睛的神情，一貫的嗲著聲滿是氣音的說話方式，向婦女團體代表說。

（她以為我們是誰啊？是男人嗎？吃她這套！這種發浪的樣子，去對男人，不要搞錯對象，對我們也來這套，真是沒搞錯?!）

明顯的鄙夷與嫌惡出現在絕大多數婦女團體代表臉上，但暫時沒有人反駁。她們都同意邀請她來參加這個擬訂「婦女政策白皮書」的會議，因著她在立法院傑出的表現與擁有的權力。

這個林麗姿身穿線條俐落、剪裁合身的職業婦女套裝，足蹬三寸高跟鞋，一臉無辜的站在發言台上，甚且微略張開嘴（每個人都說她學瑪麗蓮夢露）。可是流經她那兩片開啟的紅唇，是最尖刻直接的質詢，每每使官員回不了話。

她的媚態與凌厲的言詞攻勢交錯使用，前一分鐘的微笑可以順利轉接下一分鐘拍桌，看她的質詢是一場稱職的演出，表演出色內容更佳，雖然許多人都同意她看來「假假的」，可是大部分人都愛看她：

「政治人物基本上都在作秀，但秀得像她這樣出色並不容易。」

她還對政治有極其敏銳的嗅覺，在立法院三黨數派的生態下，她有最好的遊說能力去做串聯，針對熱門議題提出提案，讓媒體每個星期都有她的各式、大小消息。

至於她從何處得來如許多重大弊端的資料來質詢，所有的人立即想到的是：

「表兄弟」們如今包含不同的政黨，已不足為奇。

而有人問：

得睡幾次才能換到一條能上報大幅報導的質詢稿？

那些以悲情做訴求進立法院的「台灣國烈士之妻」、「台灣國××」的女性立委（她們自然也是此次「婦女政策白皮書」必邀的人選），隨著獨裁強人走後一黨難以專政，只有日益民主的政局，難再以悲情做訴求。

適逢這個林麗姿一副「希望、要爽」的問政風格贏得媒體的焦點，這些烈士之妻、受難者親屬，在憤憤不平之餘，紛紛含帶眼淚，但不屑的不指名控訴：

「反對黨自己黨內的女職員，如今陪同當年槍斃、處決、囚禁她們男同志的劊子手睡覺，還獲得一致好評。」

然這個林麗姿真正在立法院政圈贏得反對黨女性立委「公憤」的，卻是在一項「二二八事件」的紀念會上。

隨著強人過去、解嚴後重新詮釋歷史成為可能，那過往軍事強人屠殺難以計數台灣菁英分子的「二二八事件」，終獲平反。

在慶祝的晚會上，反對黨中央以「撫平歷史傷口、走過悲情」為訴求，希圖擺脫過往抗爭的反對黨形象，一意要塑造有執政能力的訴求，便在晚會中，穿雜政治人物上台表演「勁歌熱舞」，做為慶祝。

礙於「二二八事件」的沉重血淚記憶尚不過五十年，多數上台表演的反對黨政治人物，也多半缺乏真正的表演才藝，不過唱唱輕鬆的流行歌曲、作態扭上幾步「麥卡蓮納」。

只有這個林麗姿，真正在晚會中表演「勁歌熱舞」。當她身著一襲低領削肩的晚禮服出現在台上時，已引起一陣不小的竊竊私語。而當她蓄意藉著一個舞步轉身露出一大片豐白的背部時，終於羣情譁然。

那晚禮服以一道極誇張的曲線，將整個背部直到腰際的布料挖空，露出原就軟白肥腴的半身白肉，襯著台上做為布景的張張一尺多高被槍決、失蹤的「二二八事件」

死難者遺照，一時時空錯置，恍若是那死狀淒厲的死者，或這一具可見裸露半身背部的白肉女體，在重新拼貼，要塑造出新一種形式的鬼魅魍魎。

而這個林麗姿以一貫哆著的聲音，在一陣扭動軀體不斷露出全裸背部的搔首弄姿中，輕快的節奏唱著〈望春風〉：

孤夜無伴守燈下
清風對面吹
十七、八歲未出嫁
想到少年家

與〈黃昏的故鄉〉一樣做為託喻台灣悲情的〈望春風〉，於是跨過百年台灣被殖民的歷史壓迫，以無與倫比的冶豔重新望春風。

唱完後喘口氣緩下波濤洶湧的胸部起伏，這個林麗姿好整以暇的對台下的羣眾說：

「看我！……」

以一個扭肩晃臀的動作轉過來白肉裸背，她接續道：

「看透明化的歷史。」

隔天，所有的報紙以極顯著的刊位、大幅報導林麗姿的這句話，她露出整個白肉背部的照片，上了大小報的刊頭。

這個林麗姿無疑趁機搶盡了那陣子學者們要求公開過往悲情歷史的鋒頭。讓情治單位透明化、公布冤獄歷史資料，挾著林麗姿的裸背動作，成為下一波最熱門的討論話題。而是夜為平反「二二八」大屠殺的晚會，出現在報章反倒不過數個字。

「這個林麗姿實在秀過了頭。」

不僅反對黨內以悲情做訴求的「台灣國××」、「台灣國烈士之×」的女性從政者如此說，連反對黨各地的支持者都在**call in**的電台節目裏罵她的裸露不知恥。可是毫無疑問的，這個林麗姿在媒體的推波助瀾下，贏得了另一些人的支持與讚賞。

甚且反對黨內有人指稱這個林麗姿是「抓耙仔」，是國民黨派來顛覆反對黨的臥底特務，並信誓旦旦的指證，這些說法都不足構成對她的傷害。隨著愈來愈開放的政治局面帶來政黨間的區隔明顯變小，誰是誰的「抓耙仔」已無意義，因為加害者與被害者隨時可以互控並轉換角色。

所以「台灣國××」之類的女性政治人物，當然還有不少反對黨內憂心的人士，老要沉痛的指出，讓林麗姿在反對黨內攬權，如此擴張影響力，又給予她機會穿梭在各黨之間，終有一天她會闖出大禍、或為自身的利益出賣反對黨。

她將是亡反對黨的罪魁禍首。

「有林麗姿在，反對黨終有一天必亡」的說法，在是日「婦女政策白皮書」的擬訂會議上，在私下的耳語裏，便紛紛傳播。

（當然還有那更隱密的咬著耳朵才能說的耳語。）

然有些婦女界菁英分子批判上述說法了無新意，還掉入傳統男權思考模式，不外沿襲「女人是禍水、亡國滅種」、是主政男人無能負責的推託之詞，對女性並不公平。

倒是另外一種「林麗姿亡執政黨」的另類說法，贏得不少人一陣莞爾。

「林麗姿亡執政黨」說法，是基於「睡了這麼多人，她怎能不得病」的設想。於是，各方人士（當然包括那些過往丈夫、親人為執政黨囚禁、刑求的「台灣國受難者家屬」、「台灣國××」），暢快的說：

「她一旦得了性病，搞不好還是ＡＩＤＳ呢！不是更好？儘管讓她去睡國民黨的人，只要讓黨內當權人士一一得性病，國民黨不就垮了？」

所以，台灣人民還真該感謝這個林麗姿呢！人們笑著說：不用革命，不用政黨輪替，甚且毋須透過選舉，反對運動努力五十年，犧牲多少人生命、青春，多少家庭家破人亡所要打倒的國民黨，不是不打就可以成功了？

可是這些聲音阻止不了這個林麗姿往權力核心靠攏，不斷的傳言指出，她睡了反對黨的重要人士進立法院，接下來最主要的目標是那六十來歲的執政黨立法院院長，她要做的是「立法院地下院長」，一開始從「垂簾聽政」做起，最後她必然要進到層級最高的「母后干政」。

政圈人士戲稱，她將履行政黨政治合作的最高原則——不同的黨派一切都可納入她的身體內，在她的身上合作「無間」，反正每個人、每個黨經由的「管道」都一樣。所以政黨間的「大和解」、「大聯合」口號，都率先經由她的身體實現。

不分黨派的男人們表示對她的讚賞，雖然她經常公開說男人不是東西。

男人們喜歡她不會一把眼淚一把鼻涕談愛情，女人們也私下紛傳，與她在一起毋須從拉小手、擁抱、接吻、脫衣服、愛撫再進入。

在那「婦女政策白皮書」的會議，在私下的耳語裏，一位執政黨的大老的話便一再被覆述：

——一般的「公共汽車」、「公共廁所」，男人不見得想上，有人還嫌人多雜穢。但一旦成為「豪華公共廁所」、「超級豪華公共汽車」，很多男人想試試箇中滋味，沒排上的，還會感到沒跟上時潮若有所失呢！

他們以為，睡到的是一個社會大眾公認性感、能力強，而且最重要有腦筋的女性公眾人物，與睡一般的影視明星、歌星、模特兒，畢竟是不能相提並論的。

睡到這個林麗姿不僅成身分、政治地位、能力的表徵，還能在政治相關的圈子裏博取到同情。當盛傳政圈某名人是她的新歡時，會有人說：

「又是一個倒楣鬼，被她矇上了。」

與她在一起的男人成為「受害者」，他們也很樂意扮演這樣的角色——看，還不是那個女人害的。

儘管傳言紛紛，林麗姿也略有耳聞，但她始終氣定神閒的說：

「是我睡了他們，不是他們睡了我。」

而女人們（包括以悲情做訴求從政的「台灣國××」、「台灣國烈士之妻」，當然也包括是日來參與「婦女政策白皮書」會議的代表），則私下流傳著這樣的話：

姊姊妹妹站起來

讓她躺下來

當然她們要擬訂一份「婦女政策白皮書」，還是邀請她來參加這次會議。她們當然知道，肯陪人睡覺的女人很多，但不見得睡成今天這個林麗姿。

（只交頭接耳的，顯然有更隱密的傳言在是日會議中紛傳。）

「女人為什麼不能用自己的身體來做為顛覆男人、贏得權力的策略？」

這個林麗姿一再如此強調。卻是偶一抬眼，被吸附住的看到那幾個越過紅綠燈路口，左轉後又回到大片落地玻璃窗框內可見的巨大神像。

現在祂們以著一個傾斜的姿勢，將直長的軀體靠在停放路旁的發財小貨車與ＤＨＬ的運輸車車身上。那扛神的男人顯然十分倦累不勝負荷，藉著將神像軀體斜靠來減輕身上承載的重壓。

而一長列迎神隊伍，沒有人前來指責這對神像明顯不敬的做法。

前方必定堵塞得十分嚴重，因為通常兩人一組輪流扛神，現時負責扶住高長神像身體避免傾倒的那個男人，站到小貨車上遠眺後，下來協助套在神像裏扛神的男人慢慢蹲下來，那神像便一尺一尺的矮下身，最後，成原來不到三分之二的高度，穩穩的藉著上半身身軀，立在馬路上。

再只見神像往前傾斜，從底部鑽出那原套在裏面扛神的男人。

然而就算少去扛神男人的高度，那幾尊現在靠著胸腰立在馬路上的神像，高度仍較身旁的人高出許多。只祂們真是降尊紆貴陷入塵土的赤裸裸方式坐在柏油馬路上，有著十分滑稽可笑的可憐。

那兩個扛神的男人，則恭謹的替神像將下半身的衣袍拉齊，端整的平鋪在地面上。

（連日幾天陣雨，所幸，放晴後路面已全乾了。）

而從大片玻璃落地窗外望，仍只見幾個男神像背面，披著紅色、綠色、黑色大叢大叢長髮。少去了下半身的男神像，就算只見背面，有著被閹去殘缺的詭異氛圍，怪特可笑中更具一種殘忍的威嚇。

（轉過來會是怎樣的一張臉？還要加上被迫去勢的神情？）

林麗姿七歲，開始上小學一年級，即被送到南部鄉鎮外祖母處，一直到中學畢業，才由父母親接回。

下課後，她慣常的要走完鄉鎮一條被改名成「中正路」的主要街道，才能來到鎮郊阿嬷住的一個小小合院。途中她並得經過一片竹林，茂盛的綠竹筍竹林，還有鎮郊那所「城隍廟」。

管陰間鬼域的「城隍廟」不會被允許在鄉鎮人煙稠密處，它在鎮郊近一條小巷，面色陰凝的城隍爺，帶著一屋子幾個青面獠牙的巨大男神像，當然，一定還有一對「黑白無常」，那俗稱的七爺、八爺。

走到「城隍廟」附近，冬日黃昏的太陽已沉黯了，她拔腿跑到阿嬤的小合院，不見一絲燈光

要走進陰暗的合院，穿過黑漆漆的穿堂，坐在黑暗房中的阿嬤，才會打開一只昏昏的三十燭光燈泡，出聲喚道：

「敢是阿姿返來?!」

坐於黑暗中年老的阿嬤，仍有過人的聽力，她不只聽到下課返家的林麗姿腳步聲，還常常聽到地底她經常祭拜的「地基主」的聲音。

阿嬤閉著一雙皺紋縱橫深塌的眼睛，輕聲像呼著氣的一再說：

「聽，有掘土的聲音，向土下掘古井，掘太深，會掘到別人的厝頂，代誌就大條了。」

（會不會有一天夜暝，坐在黑暗中等待的阿嬤聽不到阿姿返來的跑步腳步聲，延遲了許多才開亮那三十燭光的燈泡。

在長滿綠竹筍的竹林，風吹過密長的薄片竹葉唰嘶作響，掩蓋去沉重的男人的腳步聲。在「城隍廟」裏端立著用胸腰站住的青面獠牙巨大男神像，還有「黑白無常」

七爺八爺，那扛神的男人從男神像的巨殼內鑽出來，他一雙原與神像不成比例可笑的小腳，現在成武壯的男人粗重的大腳丫，從「城隍廟」後閃身出來。）

轉過來，會是怎樣的一張臉？

●

「女人的身體……」林麗姿在安靜的、甚且空調都似聽聞不到的首善之都五星級觀光飯店的西餐廳VIP套房內，說著說著，低軟的聲音急促了起來。

受邀請參加擬訂「婦女政策白皮書」會議的親反對運動陣營的女作家，在開完會後，決定下次再有機會見到那從國外來的知名女性主義者，要請問她，女性主義如何來看待女人以自己的身體做為向男人贏取權力的策略。

彩妝血祭

他們終於能到那事發之地去弔祭。

離那事件發生，已然近五十年。

他們選擇從午後開始進行一連串的活動。那近半個世紀前的黃昏，在首善之都臨河的馬路上，開始了那事件，往後高達數萬人的大屠殺，及長達近半個世紀的戒嚴與白色恐怖。

（二次世界大戰結束，台灣脫離五十年的日本統治，台灣人民歡欣慶祝回到祖國中國的懷抱。

然而，來接收的祖國軍隊衣著襤褸、穿草鞋，與台灣人民預期差距十分巨大。軍憲且軍紀敗壞、作威作福，甚且劫奪財物。）

他們將在午後於鄰近的一座公園聚集羣眾，遊行過首善之都現已規畫入舊社區的幾條重要街道，在黃昏時分來到那事件發生之地。

時節仍是冬日，依氣象預報，雲雨帶籠罩在島嶼北部上空，滯留不去，是日整天陰雨，所幸雨勢不會太大，會是冬日慣有的綿細冬雨。

他們預估來的不外幾百人，天雨陰寒又非假日，這些俱是緣由，但更重要的，他們都知道，即便有關當局同意家屬以弔祭為由進行活動，但在持連數十年的逮捕與入獄陰影下，參與遊行的，畢竟仍是那些常「走街頭」的人。

（來接收的祖國政府貪污腐化，中國來的大陸人假公濟私、壟斷權位，造成全台灣生產力大降、米糧短缺，物價暴漲，失業人口激增。

新來的祖國政府，以「征服者」姿態對待台灣人民，「光復」一年四個月後，終於爆發了「二二八事件」。）

他們終能公開集會弔祭那事件的受難者，雖然申請通過的只是一個家屬們的追思聚會，畢竟是近五十年來第一個公開的儀式。

便有消息紛傳，是日要公開的，還有從未曾出土的極珍貴資料。

而耳語祕密流傳，那係是一批死亡之像。

某一個至今不知是誰的受難者妻子，事件後偷偷運回死去丈夫的屍體，親自為他淨身著裝，料理後事，還盡可能修補好丈夫被刑求槍斃的臉面，用的，據說不外她閨閣常用的針線刀剪。

她還以相機，以各種角度各個細部，拍下死去的丈夫，包括被刑求殘破的臉面身軀，還有經她修補後的最後遺容。

這些照片，不僅被小心的珍藏下來，還經新近科技放大處理，且為數甚多，一經公開，可做為絕大多數一手資料俱被毀棄的那事件最好的佐證之一，及最真切的血淚控訴。

而傳聞紛紛：究竟是否真有這樣一批照片，是否真會在是日公開？

前一日

他們安排要將這第一次公開的弔祭活動，拍成一支錄影帶存留。

錄影帶除了記錄當天的活動外，還包括受難家屬訪談，並請各方學者專家、知名人士，對事件做一番陳述，以期多方面留下資料做為歷史見證。

那親反對陣營的女作家，由於是其時少數具知名度、又願意公開來說這事件的作家，自然在邀請名單內。女作家也欣然應允，事先與錄影帶製作小組及導演要做商談，便在弔祭前一天，應約前往一位化妝師的工作室。

首善之都新興的東區櫛比鱗次一幢幢高樓建築，電梯上樓，總會是一長條走廊有

四、五個到十幾個住戶單位，一個個緊閉門上釘著門牌號碼，制式的——

××路×段××號×樓××號之×。

（門後面會是什麼？）

女作家走出電梯，無從分辨她尋找的號碼得往右或往左轉，稍一遲疑，還是往左。她仍有這樣的習慣：右代表右派、統治者、保守、極權……。

在那樣的日子前，她決定往左轉。

但她錯了，左轉後門牌號碼依次遞減，她很快折回，走過電梯，來到長廊另一端，赫然前面又是一條交叉走廊，這一次，她沒有什麼遲疑的往右轉。

但她又錯了，她重新回頭，來到走廊盡端，才找到一路找尋的號碼。

門開後她看到一堆陌生人，都很年輕，她不知道是否又找錯了，有人，不記得是哪一個，總之是個男聲，出聲招呼叫了她名字，說導演等一下來。

女作家進入一個小小的化妝間，只有三張椅子，每張椅子前一大面落地長鏡，在黑色為主的牆面上幽暗的閃著光。兩張椅子上坐著兩個女人，頂著一個髮捲，顯然正在燙髮，站一旁的化妝師，也是一身黑衣。

導演遲遲未來，女作家與那幾個年輕人聊著，知道他們是那實驗劇團的成員，來此為明天的弔祭遊行活動演出做定裝造型。

「明天演什麼？」女作家問。

「沒什麼。」有個年輕人回答：「就是演二二八事件嘛！」

他看來二十歲左右，那四十幾年前發生的事件顯然對他無甚意義，他說「二二八」的語氣像說「漢堡全餐」一樣。

「怎麼叫演二二八，這麼大的一個事件。」女作家幾許不快。

「妳明天會來嘛！看了就知道。」

年輕人說。

然後一夥人繼續談一個新上市的電腦遊戲。女作家可有可無聽著，感到有人走近，是剛在替顧客弄頭髮的化妝師。

她同樣年輕，二十五歲左右，島嶼經濟起飛後才生養的一代，看似來自中、南部。在島嶼普遍的富裕環境下，有著那種近似天真的逸樂、輕輕鬆鬆的坦然不在乎。

她穿著一件上半身絨面、下半身人造紗的黑色長衣，加上一頭長髮，整個人黑糊糊的。一張素臉還不見任何一絲彩妝，不僅口紅、眼影、腮紅全無，連粉底都不曾上。

女作家承認，她從來不曾見過一個如此不似化妝師的化妝師。她們是一種行業通常以自己一張粉臉、一臉彩妝做示範：不見斑點才能說服保養品的效用，而彩妝下告訴妳，看，我的功夫如此。

她們是將手藝就能用在臉上的行業。

然這連粉都不曾上的化妝師臉面雖還算白皙，但頰上布著雀斑，中等的五官也不見特別，加上一頭垂直長髮，一身可說全無「造型」可言，像一個普通從中南部到都會來討生活的女子。

女作家記起臨來前，負責錄影帶製作的導演曾說，這化妝師有一個祖父輩的親人，也是發生在近五十年前那事件的受難者，他在牢裏被刑求致死，家屬花了大筆錢領回的屍身，兩個眼珠凸出吊在眼眶搖晃、耳朵有一隻被削去、鼻頭不見、睪丸打破、十指插滿細針……。

「那批照片，據說在明天活動到達高潮時，會拿出來公布。妳有沒有聽到什麼其他消息？」

女作家四下環顧，那幾個劇團成員仍在一旁自顧說笑，女作家仍壓低聲音說。

「什麼照片？」

「妳沒聽說？」女作家訝異著。「就是那批『死の寫真』啊！我本來還以為那些照片說不定是妳的親戚拍的。導演說，妳不是有個親戚在二二八事件死得很慘？」

化妝師做了個可有可無的輕微聳肩動作。

「據說那批照片的衝擊力太大了，有關單位不計任何代價要施壓制止公開，所以到目前都不知是哪個受難者妻子拍的，照片究竟在哪裏。」女作家稍停頓，不死心的繼續問：「妳沒聽過有親戚，替死去的丈夫用家裏的針線，一針針縫合被打爛的臉，拿化妝品修補傷口，還將整個過程用相機拍下來？」

化妝師滿不在意的搖搖頭。

「妳明天化好妝一起遊行吧！」尷尬中女作家轉移話題。

「我對那些沒興趣。」化妝師終於說：「我跟導演是朋友，合作過不少case，這也是個case，只是錢少些，朋友嘛，偶一為之。」

久等的導演終於來了電話，說他和工作人員卡在上一個採訪，暫時不能過來。要化妝師先替女作家做做造型，好明天出現在鏡頭前有較佳效果。

而在那首善之都臨河的舊市區，距近五十年前發生事件所在地不過百來公尺處的一棟舊樓樓下，負責製作錄影帶的導演，從架在地上的Batacan鏡頭，凝視牆上一張反對陣營裏人們尊敬稱為「王媽媽」的年輕白紗婚照。

老照片經放大處理，遮蓋頭上的是那年代流行的垂長至腰間的長直白紗，在不清楚的顯影下，細部全無只作一團白影，乍看竟如披麻戴孝般。黑白反差下明顯可見高而寬廣的額、大眼睛薄唇尖下巴，雖有著無庸置疑的明麗風情，但絕非當時為人稱道的「福相」。

原是大稻埕美女，家世良好，送到日本讀「東京女子文化學院」，這類俗稱的「新娘學校」，學的是服裝、化妝、插花、家務禮儀這些「新娘」必備。

便是在東京經人撮合識得也來自大稻埕的王姓名醫獨子。婚事談到某個程度，女方家長以備婚為由喚回學業未竟的女兒，留守待嫁。而男方則等醫科進修完成，才回台完婚。

新婚之後，天濛濛將亮，有關單位出動大批武裝人員，帶走新郎。之後判處死刑槍斃的理由是：家族成員在二二八事件中身亡，故心生怨恨，在日本涉入祕密叛亂組織，回台為顛覆政府做內應。

（那事件並不曾在四七年發生後即結束，它還延續到五〇年代牽連的大逮捕與白色恐怖。）

做妻子的在丈夫被關期間，才發現自己懷有身孕，那原最被人稱道的「入門喜」。然新婚之夜一夜繾綣之後，兒子出世，父親已不在人間。

王氏家族在歷經兩代（大伯父因參與抗爭，慘死於就發生在他們診所下條街街角那事件。他的屍體在河邊尋獲，臉面遭打爛無從辨認，所幸衣袋裏留有一張藥鋪處方箋，家屬在屍體腐爛多日後，才偷偷於夜晚運回），兩次遭逢令人談之色變的政治事件，家族散失了絕大部分家產，傳了幾代的藥鋪也因無人敢上門關閉。

娘家則礙於白色恐怖大逮捕的牽連威脅，兄弟們都不敢直接給予幫助，只一段時日後，勸仍美貌的女兒改嫁。

那原人人稱羨的大稻埕出名美女，帶著甫出生的幼子，在獨立中求取生存，想到藉著在日本「新娘學校」所學得的化妝、服務技藝為生。

依當時習俗，臨出嫁的女兒要「挽面」開光好做新嫁娘。「挽面」通常由族裏一位福祿壽三全、有福分的年長女性，以長線繞住雙手，再纏成三角形線面的力度，在臉面上縮壓擠拉絞去汗毛，以期有張光潔的臉敷粉，並借重有福分女性開光討得一生吉祥如意之意。

出身家世良好，又嫁得大稻埕的仕紳人家，做小姐時更以手巧稱著，甫做母親的女人在哀淒之餘帶著遺腹子，想藉著「挽面」結合日本新學的化妝，好攢些紅包錢幫助家計，但即遭到最無情的當面拒絕：

「自己少年就守寡，死尪的查某，命如此硬，不要說福分，免帶衰運來就好。這款剋夫的查某，還要替新娘挽面化妝！」

甫做母親、帶著遺腹子的女人，不僅頓失過往做小姐、少奶奶人人欽慕的地位，背負了命中帶剋的指控。她更清楚發現，潛藏在這表面理由下，人們蓄意的避逃與隔離，那政治迫害白色恐怖的恐懼，事實上才真如瘟疫，十百倍於她的所謂「硬命生剋」。

畢竟聰慧且如人所說的「見過世面」，她搬離居住的大稻埕，到那都市正興起的新市區，在巷道裏租得僅供容身的所在，幫人縫製衣服。

靠著一架陪嫁的「勝家」縫紉機，以她在日本「新娘學校」所學，她夜以繼日裁縫衣服，獨力養大孤子，為年老多病痛的公婆送終。

而島嶼在以外貿逐漸積累財富後，傳統新嫁娘的「挽面」不再時興。找有經驗的化妝師來化妝成為新嫁娘的地位、財富表徵，在那特別的一天裏以最美的姿容呈現自己，勝過為期求一輩子福分的開光祝福。

以日本所學的手藝，她成為鄰近地區口耳相傳的著名新娘化妝師。

女作家坐上長條鏡子前的座椅。

一身黑衣、長直黑髮的年輕化妝師無聲的來到身邊。

她不像上代的化妝師，強調專業一定以海綿來上妝。她將乳液、粉底倒在左手背上，再以右手食指、中指沾著在女作家臉面上小範圍小範圍的點塗。

不曾使用海綿的化妝師有一雙職業性粗糙的手，那行業在大量使用手指（比如做臉），磨得礪實的膚觸，便微略感到粗且帶硬度的指尖，在臉上一路推按過去，異物入侵的不快感覺。

（自己也以指尖上妝，為何不至有外物在臉上廝磨的嫌惡感覺，難道臉面肌膚亦如此私密而且排外？）

就算在不頂明亮的燈光下，只消片刻，女作家看到自己一張臉，勻勻的全容光煥發的光耀了起來，像新換上一層肌膚。

「妳粉底上得真均勻。」女作家讚嘆的說。

接下來女作家還要更明白那化妝師可以有的功夫，她有那般明快的準確，一筆一畫乾淨、清確的落在她的眉眼。不一會，女作家看到自己一雙原不出色的眼睛，神采奕奕的鮮活起來，生動自然，不大看得出是上了太多顏色、加畫了線條。

「我以前看到人家化妝，妳知道，就是那種新娘妝，一定得畫得紅紅白白。沒想到，妝也可以這麼自然。」

女作家激賞之餘，問化妝師為何自己不化妝。

「化妝是工作，是畫別人，跟我自己什麼樣子有什麼關聯。」年輕化妝師頭一仰，一甩長髮，滿不在乎的說。

女作家深深點頭表示同意。

「這是工作，但又可以拿來變花樣玩，玩得很爽就好。」

化妝師說著，仔細端詳女作家的臉，然後用一種誇張的、告密的語氣低聲道：

「妳兩邊眉毛高低不平衡！」

「真的啊？」女作家覺尷尬了，仿若眉毛不齊高有損什麼德行似的。「以前總以為，作家又不靠臉蛋吃飯，搞這些滿無聊的。」

「我幫妳修一下，等一下要畫才有型出來。」

「好啊！試試看，好玩嘛！」女作家沒來由掩飾著心虛。

化妝師取來一片極鋒利的白金刀片，就捏在右手拇、食指尖，亮森森的在臨向眼睛時閃著寒光，然後又是那粗糙的，引發生理直覺嫌隙的膚觸，這回是左手同樣肉實的指尖，按住眉眼處不動。隨著刀片落在眉上，女作家起了一陣雞皮疙瘩，緊閉上雙眼。而化妝師似乎原意要她如此，刀片移向眉毛與眼睛間，以眉為中心幾回向下刮剃後，方感到刀片與粗實的指尖離開。

（大概真剃去了許多眉毛！）

以眉筆和眉刷，化妝師刷出一雙起伏有致的眉，加上原畫過的眼睛，整個人凸顯且精神。

「強光和鏡頭會吃掉顏色，口紅要紅些。」

化妝師說著，邊為著塗上鮮紅的口紅。女作家不曾反對，但看著鏡裏一雙同樣先經由唇筆描繪出唇型的紅唇，隱隱約約總覺得不妥。

加上腮紅，用細毛刷刷上頰邊陰影。從未讓專業美容師化過妝的女作家，雖明白自己臉上並非過往看到的濃重新娘彩妝，毋寧相當自然，但整張臉仍不習慣的「整齊」：弧度適切的彎眉、唇線內有型有樣的紅唇、立體凸顯的輪廓。

她的確從不曾如此美麗過。但這樣在她臉面上找出線條、標示出切面的彩妝，仿若將她整張臉剖切開來，再以色彩重新塑造過一次般，看著明明白白是自己，但又好像不是。

在那以黑色為主的工作室，小聚光燈在大片長鏡燐燐螢光投影下，女作家好似看到兩張自己的臉，一張妝前一張妝後，正搖移的在尋求合併的可能。

「化這樣一臉彩妝，去參加二二八事件弔祭活動，適合嗎？」

女作家遲疑的說。

而那負責錄影帶製作的導演，多年來憑藉著有限的資金、租來的機器，前往各種抗爭場合，拍下實錄現景。

除了做為資料存留外，他拍攝的畫面，永遠上不得官方掌控的電視台播放。在不准私人設置電視台、報社、電台的其時，這便意味著他拍得的，絕大多數的人都看不到。唯一的管道，只有拷製成錄影帶，透過私有門路或抗爭場合、選舉政見會出售流傳。

便是在那由受難家屬發起，首次官方默許的「二二八紀念會」活動前一天，帶一名攝影助理的導演，在距近五十年前發生那事件不及一百公尺處的一棟舊樓樓下，等待是不是能上二樓拍攝王媽媽。

他識得「王媽媽」多年。認識時只有四十幾歲的女人，儘管生活拖累，卻似不曾減損她的美貌，反倒在歷經世事後，有了一份了然的沉穩。她的政治犯遺孀身分，雖過阻了愛慕她的人，但許諾婚約的仍大有人在。然這個美麗的女人，在新婚之夜失去丈夫後，不僅不曾再婚，還避開情愛風聞，真正是清白無瑕的信守一生。

兒子也不負做母親的冀望，長成一個除身高不頂高外，但五官如母親一樣秀緻美麗的青年。並繼承家族幾代醫生的職志，畢業自一流醫學院，成為傑出的內科醫生。

不再有經濟負擔，做母親的在兒子回大稻埕老家開業行醫後，全力投入反對運動陣營。她是那個在抗爭活動中永遠走在最前面，被鎮暴警察毆打血流滿臉、有一回還差點失去一隻眼睛、前排門牙有兩顆被打斷，仍不肯退縮，只有四個像力士一樣魁梧的女警方能抬她離開現場。

她的勇敢、堅持、無私，贏得反對陣營所有人的尊敬，人們齊聲摯愛的喊她——王媽媽。

她陪著持連的逮捕中各式的受難者家屬絕食、靜坐；她為爭取海外「黑名單」返家一整個月在街頭露宿抗議；她散盡兒子行醫賺取的所有金錢，支助需要幫助的異議分子。她是所有被傷害者可以依賴的母親，反對運動的精神支柱，有她的地方就有愛、寬容、支持與撫慰。

王媽媽。

會不會那為丈夫修補遺容並拍下最後遺照的妻子，就是王媽媽？一個念頭突如其來的進到負責錄影帶製作的導演心中（必得也是個膽識過人，勇敢堅強的女性）。

據聞那些照片，以極冷靜的角度，從頭一直拍到腳底，涵蓋了整個身體。並分別以全景、中景、近景對全身各個部位拍攝，清晰的暴露出死者身中十來槍才斃命（為懲罰他的不屈不肯招供牽連他人），還巨細靡遺的拍攝出在人體上所可能造成的最慘絕人寰的酷刑與傷害。

更聽聞為顯示死者全身骨頭被寸寸打斷，有照片裏是年輕妻子一雙修長纖手，扶起一截手臂、小腿，而斷骨無力支撐，便在纖手握住的兩端向下垂彎。

轉述的人還說，那做妻子的人，在拍攝照片時必然處在一種幾近瘋狂的冷靜，為呈現周身十來個槍孔、臀部被剮割的寸寸切口，幾分辨不出眼嘴鼻的臉，屍身下還特地襯上淺色的單色布巾，以在黑白照片中凸顯血跡與傷口。

在照相仍不普遍，相機更非尋常人能擁有的其時，一定得十分優越的家境且觀念時新，才會家裏擁有相機，一個女人家並懂得如何操作拍攝。

或者，那做妻子的，用了什麼方法，讓開照相館的人協助她，這會解決接下來沖洗照片的問題。否則，她又如何沖洗照片？（誰敢在當時介入這種足以被株連的事情？）

會不會是王媽媽？可是她事實上算不上二二八的直接受難者（一定是二二八受難者嗎？也可能是白色恐怖的犧牲者）。負責錄影帶製作的導演在驚嘆中陷入深思。

終於在等候多時後，從樓上下來一個滿臉憂容的中年女人，示意導演與扛著機器的助理，跟隨她身後走上老式透天樓房不寬的樓梯。

負責錄影帶製作的導演如預期看到那具棺木。

卻原非料想的中式傳統木製、上有巨大「福」字的壽材，而是西式盒狀銅棺，長直一條。他記起曾聽說這棺木是從殯儀館送回家中，裏面放滿乾冰、以防屍體腐化。（那銅棺內木質內棺，未曾上釘、未曾封閉。）

然後，他看到好似脖頸全無從支撐重量、整個頭嵌倚在銅棺凹處的王媽媽臉面。

如若不是心理有所準備，他真會認不出她來。儘管王媽媽一頭頭髮仍如過往梳理整齊，但全成白髮，那樣白線般的白，毫無生息、像線做的假髮。她的臉面，倏然消瘦後，過多的臉皮塌下來在臉上堆積成一窪一坑、縱橫交錯的紋路與坑洞，整個五官，失去原來形樣。

「王媽媽。」

有人輕聲呼喚，王媽媽未曾動彈，好似全然不曾聽聞。喚她的人來到她跟前，蹲下身來，是個中年女人，手上端著一隻塑膠臉盆，盆裏的熱水騰騰的冒著白煙。

「王媽媽，我來幫妳揉揉腿。」中年女人輕聲的、安撫的說：「醫生說妳再跪下去，兩條腿會廢掉的。」

王媽媽仍不曾有任何動作，甚且眉眼都不曾動一下。

中年女人從滾燙的熱水中撈起一條毛巾，十指捏著擰乾毛巾，燙得一手通紅，但將冒熱的毛巾敷在王媽媽跪坐的雙腿上，再來回拭擦、按摩。

許久後，那原灰青色但腫脹的腿，才略見膚色回潤。

一整個黃昏，兩、三個女人，大都是中年，輪替的端來一盆盆熱水，為王媽媽拭擦熱敷雙腿。而跪坐的王媽媽，眼睛專注的注視著棺木，嘴唇微動，出聲唸著。

負責錄影帶製作的導演仔細傾聽，她一再反覆唸的，只有六個字：

「南無阿彌陀佛」。

在窗外全籠上暮色，女人們才停下端進來熱水。那第一個幫她熱敷的女人再度走近，這回手上拿的是個托盤，上有一碗稀飯及幾樣小菜。

「吃點東西吧！妳已經五天五夜不吃不喝了。」中年女人說，抬起一隻手抹去眼角流下來的淚。「明天就是二二八，紀念會就要舉行了，妳一定得去參加這個活動啊！」

王媽媽仍似不曾聽聞，但停下嘴裏的誦唸。

「妳要吃點東西。」中年女人繼續說：「才有力氣去遊行，妳還要去放水燈啊！」

先是眼球慢慢可見轉動，隨後，王媽媽遲緩的轉過身，危顫顫伸出手從托盤上拿起湯匙，張開口，將稀飯一口口的放進嘴裏。

負責錄影帶製作的導演，透過鏡頭，看著一張僵直似面具的臉，隨著嘴、下顎的上下開闔，機械似的牽動。只有那流盡淚水凹陷乾枯澀塞的眼睛，青黃色濃濁眼白包圍的眼瞳，迷迷濛濛有光影閃動。卻是眼角隨著咀嚼時臉面肌肉牽動，裂開滲出，一絲絲紅色的血水。

而王媽媽持連的張嘴，將稀飯一口口挖進嘴裏，嚼咬後並試圖要吞嚥。然那整個脖子食道，似已全然封閉，根本不理會從嘴下達的指令，便見整個脖頸處的筋全痙攣的抽動起來，脹得整個脖頸臉面一片黑紅，而後哽咽著一陣緊縮，裏面的稀飯便再也含不住，連湯帶粒，全噴吐出來。

還一定嗆到氣管，接著王媽媽驚天動地的大咳起來，咳到有剎那整個人虛脫昏倒過去。

一旁幾個女人驚怕著全圍攏上，有的拍背、有的試圖將王媽媽嘴張開，挖出殘存的稀飯。一陣折騰，王媽媽緩過一口氣，以一個輕微的動作排開眾人，重拿起湯匙，依然將飯粒挖進口中。

明顯可見是靠著極大的意志力，她成功的將嘴裏的食物咀嚼之後吞下。然後，如此專注的、好似她生命最首要之事，便是吃下那碗稀飯，她果真一口接一口的，悉數吃盡。只看來她全然不知自己在吃著什麼。

稍作休息，王媽媽支撐起跪坐的身體，直直的面朝棺木跪起身子，眼睛凝盯著棺蓋，嘴裏出聲喃喃誦唸。

她反覆唸誦的，依然只是那六個字：

「南無阿彌陀佛」。

大半個小時，在唸了有千千萬萬遍「南無阿彌陀佛」後，似再怎樣的意志力也無從支撐，王媽媽才整個人垮倒歪躺下來。

適時上樓來一個三十多歲的男人，負責錄影帶製作的導演認出是王媽媽兒子醫學院的好友。醫生走上前去，從手提黑色出診箱中拿出早準備的針劑，注進王媽媽扎滿針孔的手臂。

幾個人合力將王媽媽抬放一旁一張小床上，醫生為她掛好點滴。那幾個中年女人，將王媽媽四肢攤平，仍以雙手，不斷為她全身搓揉按摩。

「這裏有我，妳們先去休息。」醫生說。

負責錄影帶製作的導演，走下那老式透天厝的樓梯，屋外，天已經全黑了。

是日

他們在二月二十八日下午二時二十八分，聚集在近五十年前發生那事件不遠處的公園。他們有幾百人，男女老少都有，全穿著深色衣服。許多人手中捧著那事件被殺、或失蹤（意思是連屍體都不曾尋獲）的親人遺照。放大的黑白照片上大部分是男人，間雜也有女性，大都不老，中、青年一代。

然年歲不大的人像，在在透露著死去的訊息，他（她）們必然已是死人，從他們的穿著，那三〇年代特有的衣飾，男人豎領的白襯衫、領結、寬領西裝外套；女人的直身旗袍、開前襟素色洋毛衣，一式的平日衣著，但俱明說著他們死亡的遙遠年代。

他（她）們必然是死人，而且死去多時。

（新近死的人會有穿現今、或晚近衣飾的照片。）

他（她）們臉面上還有那樣明顯的「過去」神情，在那照相仍未十分普及的時代，除非明星、專業模特兒，少有人能在鏡頭前顯現自若的神情。

他（她）們便多半魯拙著一張臉，眼睛僵呆的直視，臉面賭氣似的臭硬著，一整輩的出現在近五十年後，四周高樓環繞的市區小公園內。

他（她）們必然是死人，而且是死去多時的人，只有他（她）們才有老照片裏那般魯直笨拙的神情。然也正是這樣的神情，平添了無盡的冤屈氛圍。

那黑白昏濛頭像，多半為紀念生活中某一個時刻所拍，既無意有天會成為靈堂上的遺像，更不曾想要有一天做為一個重大歷史事件的見證。然這些冒著危險被家人、朋友珍藏下來的照片，既不曾有滿臉悲壯的烈士神情，也看不出滿面于思的算計之色，便十足顯示出他（她）們在那大屠殺中的無辜角色。他們原罪不至死，卻無端被牽連，付出生命做代價。

無盡悲慘的哀淒，便從一張張老照片生活化的老式的衣著、「過去」的人特有的神情中，極其清楚的傳遞，明確的陳述：屠殺確曾發生，而他（她）們是為無辜的受害者。

而面對這些尋常的死者遺像，都能渲染出如此巨大的哀淒與無言的控訴，小公園紛傳的耳語中，每個人都確實感覺到——

那批「死の寫真」，會造成怎樣的震撼。

耳語轉述「死の寫真」慘絕人寰的刑求與槍決在人體造成的恐怖傷害，每一道轉述中，都加上不同的臆測與細節，而至最後，那批「死の寫真」集結了所有可能的恐怖、驚悚、戰慄圖像，在現場凝肅的哀淒中，激盪嗜血的最深沉潛藏的恐懼與仇恨。

儀式在二點二十八分如時舉行，一排道士在新搭起的祭壇前誦經，這略高起的洗石子地原是公園兒童溜冰場，現在吊掛著各式輓聯，各種字體在白布條上墨汁淋漓的寫著「二二八冤魂」，暈開的筆畫像流出凝固後黑色的血，絲絲湧流。

如氣象預告，細雨霏霏下著，淋落到身上原還不甚有感覺，時間久後，也從髮梢間滴落。有人撐起傘，為著要保護捧在手中的照片不被淋濕。

那啜泣聲傳出後，便似再難以抑遏，哭聲與啜泣，隨著道士超渡亡魂往生的誦唸，接下來的教會儀式，整個下午此起彼落不曾稍歇。

（即使在此至深的哀淒中，仍有眼光不經意的穿梭在手捧的死者遺照中，探尋著要找那批「死の寫真」。何時會公開？果真會在今日公開嗎？在這近五十年後第一次公開的弔祭活動中？）

而代表教會致詞的是幾十年來與反對運動共同奮鬥的長老教會，曾任神學院院長的神職人員，莊肅的說道：

「創造宇宙萬物的上帝，主，祢當年容許國民黨政權遠道來到台灣，容許二二八這款不公不義的事件發生，是對我們的試探，試探我們是否有堅信的心承受苦難。

「今天，我們終能第一次公開弔祭這次事件的受難者，我要引《聖經》的話，因為你們於一切所受的逼迫患難中，仍舊存忍耐和信心，這正是上帝公義審判的明證。上帝既是公義的，就必將患難報應那加患難給你們的人，也必使你們這受患難的人，與我們同享平安。

「主，我祈求祢饒恕我們的罪，如我們饒恕得罪我們的人，因為在今天首次的公開弔祭活動中，我看見了一個新的天地，期許不再有死亡，也不再有眼淚哭泣、悲哀疼痛，因為，以前的事都已過去了。

「祈願天父上帝垂聽我們的禱告，並賜給我們社會、同胞真正的安寧與和諧。《聖經》上不是說：總要肢體彼此相顧，若一個肢體受苦，所有的肢體就一同受苦，若一個肢體得榮耀，所有的肢體就一同快樂……。」

女作家未及聽完牧師所說，被叫到公園外停放的一部箱型車，那負責錄影帶製作導演用來裝載機器的車。後座擠著劇團成員正在試服裝、假髮，紛紛喧鬧著如同一場化裝舞會。

忙著指示如何搭配的化妝師看到女作家，又是那種無可無不可的不在乎方式笑了一下，但熱絡的說：

「妳是最後一個，我還要趕回去做個新娘定妝。」

「其實不化妝也無所謂嘛！」女作家抬手拭去眼角的淚。

「不行，導演說妳得做串場介紹。」年輕化妝師一聳肩。「我負責要把妳弄得美美的。沒有妝妳在鏡頭上看起來會像公園裏那些。」

女作家不解。

「唉啊！妳真呆，像那些照片裏的人物嘛！」年輕化妝師戲劇化的壓低聲音：

「妳說，那會像什麼？」

一陣不祥，女作家感到脖頸手臂全起了雞皮疙瘩。

化妝師示意助手先為她上粉底，助手使用海綿，便少去手指在臉上廝磨的膚觸，那種沒來由的嫌惡，肌膚與肌膚肉質還會帶體熱的接觸，奇特的被侵犯感覺。

（那臉面竟如此私密排外？然同樣也是質地略粗的海綿，何以只如異物掠過，不至留下不舒服的排斥？）

上好粉底，女作家感到厚厚一層全在臉上，來接手的化妝師笑著解釋：

「沒關係，這是職業用的粉底，這樣才有很好的遮光性。」

然後很快熟練的畫好眉眼，腮紅口紅一應俱全。

女作家看著鏡中的臉，這回真正覺得十分陌生。在走進公園後，還是拿出面紙將鮮紅色的口紅拭去一些。那口紅的附著性顯然很好，且層層相依，擦去外面光鮮亮麗濕潤的一層，表面顏色依舊，只是沉黯許多。

女作家來回拭擦，才看出口紅顏色掉落，但整個口唇髒髒的，像剛吸吮過血後，唇上沾著枯乾的血漬。

而公園內人羣紛紛聚在一起，遊行隊伍即將出發，環繞事發之地的此次遊行，將在黃昏時分進入老社區的主街，並從那棟老式透天厝前經過。

王媽媽站在二樓窗口，看完整個遊行隊伍在門口通過後，才緩緩轉過身來。

經過一整天十分合作的進食、休息、打點滴、被攙扶著稍走動，她看起來略有氣色，也能依著一枝枴杖走路。那幾個多日來一直伴隨她的女人，在王媽媽堅持下，加入遊行活動，只餘下一人守在樓下，以便不時之需。

王媽媽以同意二二八放完水燈後，讓殯儀館的人抬回靈柩，換得在這最後的一個晚上，能在小樓上獨處。

寒冬又下著雨，五點不到，天已昏昏的暗下來。王媽媽拄著枴杖，從窗口走向擺於屋子中央的棺木。兩行淚水，從乾竭的眼睛中滲出，然陷入臉上縱橫的皺紋內，立即不見蹤影，只留下水濕幽微的極細閃光。

對著棺木併攏雙腿跪下，王媽媽雙手合掌胸前，眼睛凝神注視棺木，聚集所有的意志力，朝著張口出聲誦唸，仍只有那六個字：

「南無阿彌陀佛」。

南無阿彌陀佛，那快速一再重複的六個字，簡單但清確，聲音聯結後好似成為一道道聲波，真能穿越堅實的銅棺，遊走入木棺隙縫，隨著唸著無與倫比的巨大意志力，迴向躺於棺內的死者。

南無阿彌陀佛……

加護病房裏，她也只有一再誦唸這六個字，這是她唯一知曉與宗教相關的語彙，南無阿彌陀佛，她成長的環境裏自然得知的詞語：南無阿彌陀佛。

兒子卻一直沒有醒過來，兩個星期以來，透過維生系統的支持，兒子並不特別顯得病耗憔悴，只是臉頰血色全無顏色一片灰青，那俊秀的臉面，還不時隨身體的痙攣抽動。

他一定在極大的痛苦中，就算他沒有清楚的意識感受痛苦，整個身體也一定在極大的不安中。他彎長的眉毛緊皺到額頭整個扭結起來，睫毛密實彎長的雙眼如此緊閉，好似無論如何都不願再睜開眼睛。

他並非在與疾病死亡奮戰，他是在消蝕自己的生命力，費盡全力逃避著要睜開眼睛醒過來。

他還一定懼怕著什麼，他血色全無的小巧唇瓣不斷開闔著，在呼叫著什麼，只是那聲音從來不曾穿越唇隙，傳遞出來。他露出毯子外的手臂，間歇性的雙手用力握拳，到削瘦的臂膀青筋迸現。雙腿則痙攣性的抽動，有節奏的好似盡全力要往前跨步，但又無從奔逃。

……南無阿彌陀佛……王媽媽一再誦唸。……南無阿彌陀佛……。

也曾在睡夢中如此痙攣性的全身抽動，那一年，只有國三吧！兒子好似週期性的會在睡夢中呼喊慘聲厲叫。狹小的租來空間裏，他們只能睡在白天擺張桌子便成書桌、餐桌的榻榻米上。她一掀起隔在兩人之間的布簾，立即看到兒子這般扭動著身體，特別是下肢體，盡全力的要奔逃，但又全然無從跨步。

她喚醒他，兒子在乍醒後驚懼的緊摟住她的身體，常掐得她手臂一塊塊青紫，但俟他全醒過來，兒子便會裝作沒事，還反過來安慰她。

他一定害怕著什麼，卻從不肯說，為著不要母親擔心。而做母親的以為她知道他究竟害怕著什麼，只是無能為力。

那陣子來「管理」他們的是一個很體面的軍人出身情治人員，如若不是中年肥胖，應該不失是個英俊的男人。他還相當得體，從來不似他的前任們，滿口威嚇，動輒要將他們抓去關、槍斃，逼他們要坦白海外又密傳進什麼消息，支使在哪裏動亂。

只他毫無需要的每天都來，一定在夜間，吃過晚飯不多久，傳來他站在門外有禮貌的敲門聲。而為了方便客人來做衣服，他們的門非到夜深不會關。

一開始，做母親的以為貪戀的是她的美色，過往不是沒碰到乘機要在她身上占便宜的情治人員，他們涎著臉對她說：

「睡一下嘛，給老子睡一下嘛，妳們這種女人，沒人敢碰，癢得晚上睡不著吧！」

看她不動聲色，只在裁製衣服的桌前緊握著剪刀比劃，有的便破口大罵：

「肏妳媽的屄，妳們這種女人，本來該將功贖罪，送到八三么去賣屄。肏妳娘，亡國奴，妳還以為妳是什麼？」

與兒子間早培養了默契，聰慧的兒子便會做成像個成年男人，敬菸、張羅茶水套交情，四處走動，充分的凸顯屋內仍有第三者、他人存在，好遏止進一步的動作。

然眼前這個每晚登門的中年男人，不僅不曾動手動腳，甚且不會出言戲弄（他要什麼？）。從小便懂得不讓美麗的母親落單的兒子，現在夜裏幾乎寸步不離母親。三人在小小的屋內，母親踩著縫紉機趕客人訂做的衣服，兒子做家庭作業、溫書，而那中年軍人，自顧坐在一旁，漲紅著血絲的雙眼圓睜，一根接一根不停的抽著菸。

以著女人的直覺，做母親的不多久即會意那軍人夜夜困守在此，圖的並非她的美色。

可是他要什麼？

南無阿彌陀佛……南無阿彌陀佛……王媽媽持續誦唸。自加護病房那夜，她記起了那中年軍人形樣，那一張臉，便無時不出現她眼前。南無阿彌陀佛……南無阿彌陀佛……。

他們如時在黃昏時分到抵那近五十年前發生事件的所在。

（一九四七年二月二十七日傍晚，專賣局台北分局緝私員傅學通等六人，在台北市太平町一帶查緝私菸。於天馬茶房前取締一名賣菸的中年寡婦林江邁時，欲沒收林婦的香菸及身上的金錢，林婦告以生活困難，苦苦哀求。查緝員不允其請，反而以槍管敲破女菸販頭部，而致出血暈倒。圍觀的路人羣情激憤，羣向查緝員攻擊，查緝員一邊奔逃，一邊開槍，不幸擊中一名旁觀民眾陳文溪，當場斃命。民眾更加憤怒，包圍警察局和憲兵隊。要求交出肇禍的人犯正法，不得結果。）

遊行隊伍從近五十年前出事地點通過時，速度緩慢了下來，每個人都轉過頭來觀看，但少有人駐足停留。

女作家則在一陣錯愕中停下腳步。

那負責錄影帶製作的導演顯然是布萊希特，著名的「史詩劇場」的追求者（他曾在德國戲劇學校進修）。依據追蹤調查出來昔日的「天馬茶房」，於今只是長排街屋中一棟老式樓房，全無「茶房」遺跡，導演也不曾將它裝置回舊日形樣。只在臨街馬路上，安置一個跌坐在地上、手腳踢擺的女人。

明顯可見二十來歲的年輕女子，穿著一身要印證「昔時」的衣服，符合一般想像的斜襟細腰與未及腳踝的寬腳褲，布料是十足誇張的紅花綠葉棉布，過往鄉間用來做被套的那類花色。女人頭上還戴著一頂斗笠，腳上原該穿著一雙日式的高底木屐，但其中一只被踢得老遠，歪倒一旁。

她手中抱著幾盒香菸。

（賣菸的中年寡婦林江邁？）

為了要顯示年齡，二十來歲的女子臉上，被畫上了不少黑色直條的皺紋：額上數得出來的三條抬頭紋，眼角呈放射狀的魚尾紋，還有嘴角兩道法令紋。更為了要凸顯她是女性的彩妝，臉頰上被畫了兩團圓形的紅胭脂，那時代著名的「日本國旗」式的腮紅。

她還一定已經被打，因著她的額頭被潑上看來是要代表血跡的紅色汁液，但明顯看來像番茄汁。

（大陸人查緝員以槍管敲破女菸販頭部？）

而倒在路旁的女人，像一隻被翻倒、背殼觸地的烏龜——屁股著地、雙手雙腳不斷划動，機械似的重複掙扎的動作。她塗著兩團「日本國旗」的臉面，則隨著嘴大開大闔，誇張的在顯現驚恐的神情。

而遊行隊伍從她面前走過，注意到她，但不曾停下腳步，只行進速度緩慢了下來。

「就是在這裏，就是在這裏！」人羣中不斷有人出聲。

（翌日上午，羣眾赴專賣局抗議，衝入台北分局內將分局長及職員三人毆傷。下午，民眾集結於行政長官公署前廣場示威，要求改革政治，不料，公署屋頂上的憲兵用機槍向羣眾掃射，死傷數十人。至此，事態一發不可收拾，全市譁然。商店關門、工廠停工、學生罷課、市民萬餘人已捲入洪流，警備總司令部宣布戒嚴。由於民眾占領廣播電台，向全台廣播。三月一日起，事件迅速波及全島，全省各大城市及許多鄉鎮皆發生騷動，憤怒不平的民眾攻打官署警局，毆打大陸人，以洩一年多來對新來政府的怨懣。軍憲員警則開槍鎮壓。）

「就在這裏，就在這裏。」

那姿態誇張、像隻烏龜翻倒腆肚四肢划動的年輕女演員，正對著遊行隊伍，不斷機械化重複明顯裝出來的驚恐與掙扎。她一身「仿古」裝扮，仿得如此盡心盡力，將想像中（畢竟間隔時間不算太長，仍有記憶充填想像），屬於那時代的一樣無缺的全加在她身上：

斜襟布扣細腰短襖（俗稱的大裀衫）

寬腳褲（俗稱的台灣褲）

斗笠

日式高底棕面木屐

「日本國旗」圓團腮紅

然她絕非林江邁。

近五十年後，一列遊行隊伍走經當年事發之地（從她身前走過），每個人心中都有著一個林江邁，那站在事件起端的販菸婦人。每個人心中的林江邁或略有不同，但大抵不脫灰衣素服、瘦弱窮困、為生活壓迫一臉凝思的中年婦人，臉面上布滿被侵占的台灣人的悲情。

每個人心中也都有近五十年前那黃昏、販菸婦人林江邁，為來自中國大陸人查緝員用槍管敲破頭部的形樣：

她的額頭迸出激越的鮮紅血液。

（絕非番茄汁。）

她被擊後不支的委頓倒地，出血暈倒。

（絕非一隻被翻倒的烏龜般的坦腹跌坐在地，踢腿划手的掙扎。）

（數天來，全島各大城市的騷動仍未止息，各大城鎮的青年、學生、退伍軍人等組成的臨時隊伍，試圖控制軍警單位的武器彈藥，因此衝突迭起。但大部分多為臨時動念的烏合之眾。

八日晚，由中國中央派來的劉雨鄉所率的陸軍第二十一師，在基隆和高雄登陸，從南北兩向展開大規模的鎮壓並屠殺。在長達一週的鎮壓與屠殺中，當局雖捕殺許多直接參與暴動的分子，但許多未曾參與任何暴動的社會領導菁英，也在被殺之列。

三月二十日，長官公署更開始在全省各地展開「清鄉」工作，進行更徹底的整肅與屠殺，各地仍有許多人陸續牽連被捕。

二二八事件前後死亡人數多少？至今仍不明確，有數千人到十幾萬人之不同說法。但波及下獄人數，一般咸信達數十萬人。）

「就在這裏，就在這裏！」

那二十來歲飾演林江邁的女演員，以著全然不會被認同作林江邁的裝扮與動作，跌坐在近五十年前發生事件的「那」地點，由著她鮮明的異色造型，成為了不會被忽略的指標。

然行經的遊行隊伍在錯愕中不斷有人自問：

「那賣菸婦人怎麼會是這樣的？」

不像林江邁的女演員也無從回復自己，她臉上的彩妝與一身仿古作舊衣著，便既非昔時也並不是現在的跨馳在時間的洪流中。而她的非昔非今，她的誇張特異，反倒在歷史的切口處找到安身之處——

在那非往時的「天馬茶坊」，在明知近五十年已然過去，當年的林江邁不可能重現，只有這女演員明顯仿古作舊的林江邁，誇張不實的跌坐在「那」地點兀自掙扎。

駐足停留的女作家注視著女演員「日本國旗」彩妝，看到另一張搖移的在做比對、修正、補足的林江邁臉面。

遊行隊伍繼續前行，街頭劇依次還要開展。查緝員在擊昏林江邁後，受到羣情激憤的圍觀人羣攻擊，慌忙向前奔逃，一面開槍。

不幸被擊中的旁觀民眾陳文溪，將要出場，他會一再的重複被擊斃命。

再要往前，行政長官公署屋頂上的憲兵，會用機槍向羣眾掃射，造成數十人死傷。

屋頂上的憲兵們會穿著如目前的鎮暴警察，他們手持幾可亂真的玩具手槍，槍口噴出的是一條條細長的紅布彩帶，像蛇羣紛紛昂揚吐出的火紅烈焰，便詭異的飄揚在陰黯下來的早夜。

（遊行隊伍裏，沒有人刻意思及劇團的表演將到此全部結束，在窺視的眼眸裏，仍存在著那「死の寫真」無盡可能的化身。

哪裏還有比販菸婦人林江邁被以槍管擊打出血暈倒的「那地點」，更適合出現這集所有人驚悚、恐懼的「死の寫真」？窺視的眼眸裏，預先看到整個「天馬茶坊」的立面，排滿遭最極致凌虐，寸寸剜割的傷口張開的淒慘無言的嘴；被打出吊掛在眼眶的眼球，也正回視走經的長排遊行隊伍。

也還可能沒完呢！在不幸被槍擊斃命的旁觀民眾陳文溪死亡的「那地點」，黑白照片癱著手腳骨節被寸寸打斷的屍身，以歪扭的怪異姿勢，那人體結構不可能的扭結方式，癱在「死の寫真」裏。

或者，還有下個地方呢！走過槍擊處，一轉過街口，轉角處立即迎面而來一長排十幾處槍傷，每一處傷口都在巨幅黑白照片上，以不同圖像、盡情渲染不乾淨、不成形的血肉肢骨。黑白照片少去血的顏色，傷口與混雜成不易相互辨識的深色雜跡，便沒完沒了的一整街一整路的延染下去。

哪裏還有比這事發之地更好公開那批「死の寫真」的地點？

而近五十年後穿行過的遊行隊伍，窺視的眼眸重疊著「死の寫真」傳說與想像中最極致的驚悚與恐懼。

那事件至今未完！）

距近五十年前事發之地不過百來公尺的那老式透天樓房，二樓亮堂堂的開了所有的日光燈，一屋子慘厲白光下，王媽媽困難的扶住冰冷的銅棺，危顫顫的蠕動身體，幾經使力後終於站了起來。

窗外傳來低迴的歌曲，遊行隊伍顯然已到抵淡水河岸水門，那當年大屠殺的所在。透過麥克風的說話聲，〈黃昏的故鄉〉，在市囂與風聲中不穩定的時大時小飄搖過來：

叫著我　叫著我
黃昏的故鄉不時在叫我
叫我這個
苦命的身軀

略站一會，王媽媽走向棺材後方拜的一碗「腳尾飯」所在，顫抖著手點燃三支線香，雙手緊握轉身向臨街窗口，極其虔敬的朝窗外的天遙遙祭拜，再迴身拜過棺木，才將線香插在「腳尾飯」的白飯上。

然後，她走近前去，出盡全力，幾回嘗試後，終將銅棺棺蓋掀起。

棺內白煙迷繞，不斷添加乾冰生成的煙霧並不曾大量向上揚升，仍糾纏依附在第二層木棺木板上。王媽媽雙手合掌口中默唸，才伸手向薄木板棺蓋，這回，很容易的將棺蓋移向一旁。

濛濛白煙縈繞，平躺的兒子一如五天前在殯儀館時的裝扮，寶藍色西裝、白襯衫、紅領帶。經殯儀館上過妝的臉上，十分安靜，一種放鬆的、甚且是舒弛的神色，好似他終能將頭好好的枕著棺材板，將全身重量無礙的放在那躺著的小小木棺內，並決定不再睜開眼睛或揚起嘴角微笑。

王媽媽彎下腰，費力的打開移置到身旁的一隻手提化妝箱，剛掀起棺蓋用去她幾近所有的力氣，此刻雙手仍遏止不住的抖顫。所幸化妝箱箱門一開，一格格彩盤即自動移出，盤上數十格各式口紅、腮紅、眼影一應俱全，有的顏色甚且還全然未曾動用。

王媽媽從化妝箱底拿出一瓶礦泉噴霧水，朝躺在木棺裏的兒子臉面，仔仔細細的噴滿一圈。再取出卸妝的白色乳液擠在手指頭上，在兒子的額、雙頰、下巴四處勻勻的點上，以雙手輕輕按揉。

觸手肌膚不僅森冷陰寒，還彈性盡失。那乾冰顯然冷度不夠，不足使屍體凍硬，只能冷藏，便感到面部軟軟肌理，在手的撫摸下微微陷落，久久不見回復，而手指則恍若被下陷的臉皮吸附去，沾黏不得鬆放，陷牢其中。

厚敷上的粉底已然乾硬，經此碰撞，便出現細細龜裂，一張粉臉上霎時縱橫盤繞細小裂紋，王媽媽再噴上更多的水霧，水滲入隙縫，被揉溶了的粉塊，能輕易的片片塊塊從臉面皮膚上揭起來，像剛新揭起一整張臉、一張破碎的臉。

少去那層粉紅色澤的粉底，兒子的臉面霎時瘦陷一整圈，灰死的青白中還已然泛黑，崢嶸的浮著怒容，冤屈不平。所幸唇上仍留著原上的深色口紅，雖看來十分妖異，但至少是一點人的色澤。

王媽媽略一遲疑，不曾卸去唇上口紅，端詳著兒子屍灰冤鬱的臉，安撫的低聲說：

「你放心，以後不免假了。」

然後王媽媽拿出化妝水、乳液，一道道、慢慢的逐一輕柔的拍上兒子臉面，好似生怕吵醒他似的。

俟化妝水、乳液乾後，王媽媽拿出一瓶粉底霜。以海綿沾上，小範圍、小範圍極其細緻的敷塗。然即便是水粉，也較以為的不容易上，那肌膚已處於一種絕然鬆弛、放棄的狀態，甚且無從將粉吸附。

往往海綿擦過，只留下一小薄層，其餘的仍隨海綿帶走。原還以為海綿上沾的粉不夠，再加量，那平癱下來的臉面，仍任由少許的粉，不勻的浮浮一層游在上面，像腐敗的屍肉上開始長出白點霉斑。

只有海綿，沾了大量的粉底霜，濕濕的飽滿欲滴，侵吞吸附去過多的生息似的。

王媽媽愛憐的搖搖頭，低聲的、喃喃的說：

「懷你的時候，有一陣，臉上粉也全上不去呢！全浮在面皮上。」

放下海綿，王媽媽以手指沾粉底霜，厚厚實實的將稠濃粉底，以指尖一點一點、一滴一滴的輕按上臉面。

好不容易，那粉底在上了極厚一層後，發揮了遮蓋的效果，原來的青黑不見，成為一種女子細緻的牙白。王媽媽用的是日本化妝品公司新研發出來的夏日美白系列。

效果略差的只有下巴處，從沒留意，兒子也長著連粉都遮不去的黑色鬚腳。王媽媽原想用剃刀剃除，但總要動到刀片，不僅不吉利還怕刮傷。王媽媽最後拿出一盒蓋斑膏，用棉花棒沾染，塗在鬍茬處，將原有細碎的黑點遮去。

掙扎著要挺起身子稍略休息，長時彎著的上身傳來一陣撕裂的巨痛，王媽媽身體一傾順勢倒下來。她必須節省任何一點力氣，新上的粉也需要時間才會乾。那乾冰一直在噴出濕露，帶來陣陣水氣。

究竟是那中年肥壯、軍人出身的情治人員走後，兒子才經常於睡夢中驚聲呼叫著醒過來，還是，於他每天到家中守候時，兒子便如此？

王媽媽朝自己搖搖頭。

他哪個時候得手、怎樣得手？自加護病房中會意到此事後，這問題便鎮日盤踞在腦中。

能怨怪的只有做母親的竟全然不曾往此推想，雖說其時周遭從不曾聽聞此類事情，才無從設想，但最主要、最不該的，是一直自恃自己的美色，以為貪戀的是自己，才始終不願看清，延誤了時機。

（這一張臉，果真是禍害啊！）

王媽媽伸手撕扯自己的臉面，意識中仍存留的是過往人人稱羨的凝白肌膚，然觸手是粗凸皺紋與滿抓一把鬆弛的皮，王媽媽悚然驚醒。

蠕動身體雙手併力，王媽媽坐了起來，從化妝箱拿出一隻粉撲，沾滿蜜粉。原該在兒子臉面打好的粉底上拍蜜粉，妝才能固定，但又擔心好不容易才上的粉底，一俟粉撲按下，又會隨粉撲整片帶起，這回說不定連已鬆垮的整張面皮都連著掀起。略遲疑，王媽媽還是另拿起一支眉筆。

卸去殯儀館畫的兩道濃眉，兒子的眉本來不粗，王媽媽順當的描畫出兩道彎長柳眉，嫵媚的直斜插入鬢間。接下來在閉上的雙眼上畫眼線，原不困難。王媽媽用的是黑色的眼線液，手一直抖顫，無從一筆畫到底，但仍力持要畫得勻稱。眼影選用紫紅配淡金，那一雙深陷的雙眼皮大眼睛，便色澤繽紛了起來。

（原該張開眼睛，才能看眼線是否被雙眼皮吃去，矯正該畫高些、或貼近眼瞼周遭弧度。）

「張開眼睛往前看，才知道眼線有沒有被雙眼皮吃去呢！」

王媽媽對棺內的兒子，絮絮的說。

口紅就容易了。王媽媽拿出唇筆，就著兒子原塗了口紅的唇，先描好形樣。兒子的唇小而薄，王媽媽盡量的將唇線畫出唇外許多，再填上口紅後，便成一雙豐質肉感的紅唇。

兒子聽到開門聲，從鏡中轉過臉來時，手中也正拿著一支口紅，只他的唇才畫好一半，口紅也是遠遠的塗到上唇外，如繼續畫好下唇，會是一雙豐厚肉感的唇，顏色還是嬌豔欲滴的鮮紅。

那夜原本到南部聲援廢除戒嚴後最終一條惡法：刪除刑法一百條。演講會通常十一、二點結束，本不打算當日回來，也打過電話告訴兒子明日才返家。

適巧有人要開車連夜北上，王媽媽想高速公路晚上較不易塞車，搭便車回台北已近凌晨三點。

習慣性的要看看兒子，這是三十多年來的習慣。自他出生，不論外出到哪裏、做什麼，回到家不管時間早晚，第一件事，便是確定兒子還在。總害怕兒子一不在眼前，即可能就此不見，眼見心安，至少是種保障。

輕易的打開兒子未上鎖的門，一屋子柔媚的粉紅色燈光下，轉過來兒子畫滿脂粉的臉，手上還拿著一支口紅，只塗好上唇。

他上的是極白的粉，而且只擦在臉上，脖子、裸露的前胸相較下一片焦黃。在這面具般的白臉上，已描好一雙彎長柳眉，用了濃重的紫紅與金色眼影，眼線畫得十分誇張不準確，描在眼眶外，撐得雙眼皮的眼睛好似時時大睜，永遠在表示驚訝似的。

頰上暈不開的腮紅是鮮豔的桃紅色，全集中向顴骨成兩大團圓點，像早期鄉間婦女剛開始化妝易畫的「日本國旗」式腮紅。

而只畫好上唇的口紅，往外塗的功夫顯然極差，參差不齊的突出上唇外。少了未塗口紅的下唇，便有如張著嘴，一直在找尋另一半口唇，方能說出未畫的話語、傳不出的聲音。

王媽媽以唇筆將唇線盡可能往外畫，描出一雙豐厚的小嘴，再以唇刷沾上鮮紅的唇膏，滿滿塗上。原殯儀館上的深色口紅仍在，要再覆上一層相當容易，不一會，一雙肉質豔豔的紅唇，便閃著新添的鮮紅螢光色彩，潤澤生輝。

「我知道，你要的就是這款嘴。」王媽媽顯得滿意的說，「誰人看了都想親一口。」

兒子的鼻粱本來就高，無需在鼻翼加上陰影，也免得太高的鼻會破壞小心要塑造出的臉面柔和感。王媽媽接著拿出桃紅色的腮紅，就著臉頰側端，輕刷上一層，薄紅的紅潤，那臉面霎時間有了氣色。

「你那『日本國旗』型的腮紅，實在歹看，還要那樣畫嗎？」

王媽媽充滿商討的語氣說。

稍略端詳，王媽媽還是在顴骨上補上更多的桃紅色，但盡量讓兩頰兩團紅色，次第暈開。

「這樣就好了啦！」

乾冰釋出的氤氳白色煙霧，低低的迴繞在銅質棺木裏遊走，木棺裏躺的屍身著一套寶藍色西裝、白襯衫紅領帶一應俱全，還留著西裝頭，但臉面是畫成五彩繽紛的全然女人的臉。

怪特詭異不協調中，便有若頭頂、臉、身體是一段段不同的人體銜接起來，相互錯置的扞格中，那臉恍若只剩下一張彩妝人皮，虛虛的浮在縈繞的白色煙霧中，兀自傾國傾城的鬼魅般的妖媚炫麗。

而王媽媽癡迷的凝視，喃喃的說：

「我那不曾注意你的臉化妝，與我這款相同呢！好親像是我躺在裏面，你就是我呢！」

是怎樣從兒子的房間退出，王媽媽全無記憶，只一再懸念兒子彩妝的臉何以如此似曾相識，一定在哪裏見過。而她還記得將門好好帶上，清楚的聽到門鎖卡一聲，吃進木質門框內的聲音。

夏末的深夜，竟然已略有寒意，王媽媽在街上走到天光日出，整個都市轟轟的動了起來，仍沿著一條條街，一直走下去。

她就此不曾回家。

接下來大半年，兒子尋找她，試圖見她，王媽媽則連電話都不接。之後便總有傳聞，有人在深夜的新公園，看到形似兒子的男人，依偎在中、老年肥壯的男人身上；在隱匿的、似俱樂部方式存在的酒吧內，看到醉倒的兒子摟著高壯的中、老年男人。

在那追逐年輕身體的圈子，俊美的醫生專揀中、老年男人，是為異數且如此公然無有遮攔，很快便使他名聲遠播。

然而傳聞中人人都說：

「很像而已，絕不可能是王媽媽的兒子。」

王媽媽的兒子是悲情的五〇年代白色恐怖遺腹子，是王家要重振家聲、光耀門楣的希望。（那正嶄露頭角的內科醫生，也不可能如此自毀前程。）

傳聞紛紛，卻沒有任何人膽敢向王媽媽當面說及。那反對陣營代表勇敢、堅持、無私的王媽媽，哪裏有她就有愛、寬容、支持與撫慰的王媽媽。（怎能與此不名譽的事相關聯？）

而那半年裏，王媽媽真是不要命的投入海外黑名單潛回台灣落籍的抗爭。她甚且陪同幾個由祕密管道回台的黑名單人士，一整個月以打游擊的方式在鬧區街頭露宿，一被警力驅趕，則遷至他處，抗議布條四處張掛，海灘傘一張，風雨無阻繼續露宿街頭。

幾乎所有的人都同意，沒有王媽媽，年過六十好幾的王媽媽，整個月不定點的睡街頭，在各式抗爭紛起的其時，這場黑名單落籍之爭，不會吸引如此多關注而至有關當局同意研擬新的海外戶籍政策。

王媽媽卻也在這場抗爭中失去健康。她最後離開現場是昏迷中由救護車送進急診室，並在病房中躺了大半個月。

出院後不多久，王媽媽即再次進醫院，加護病房裏躺著的是大半年不曾見過面的兒子，明顯消瘦許多的身軀不時痙攣蠕動，緊閉到額上起了深深皺紋的雙眼，就再不曾睜開過。

床頭病名標幟上寫的是：

猛爆性肝炎。

醫生護士那般如臨大敵的警戒的小心翼翼，所有人都明白另有隱情，做母親的也了然於心。

只是誰都不曾說破。

在加護病房兩個星期，甚且到臨終最後一刻，兒子始終都沒有再醒過來。做母親的見到兒子的最後一面，便是深夜開啟的門後，一屋子粉紅色迷醉燈光下，轉過來兒子塗滿脂粉的臉面，手上還拿著一支口紅、只畫好上唇。

那門在悔恨的母親心中，無止無盡的重複開啟。那扇門不斷的被打開後，她看清了所有的一切，連最微小的細節都不曾漏失。

她看到他面前的矮几上，有一頂黑色假髮，大捲大捲的長髮，一股股蛇般的自几上彎扭的垂落，好似搖搖晃晃的在遊走。她還看到他的身上，穿著一件粉紅色的露肩高腰睡衣（或禮服？）俗麗閃光的人造緞面，鑲飾著耀亮的假珠寶，敞開裸露的領口有一圈同樣染成粉紅色的雞毛（或塑膠刷出的假毛？），蓬蓬鬆鬆的周圍著畢竟是男人粗大凸顯的胸骨與喉結。

淚水湧上模糊了王媽媽雙眼，她慌忙以手拭去。是不是有一種說法，親長的淚滴在棺木中的死者身上，會使他浸身血池，永不得超生？

王媽媽以雙手撫住銅棺邊緣，支撐著要直起彎了大半天的腰，一陣巨痛撕扯般從脊背傳來。王媽媽放棄站起身，將身子匍匐在地，朝廳後面的房間爬去。

仍是三十幾年前的新房，只不過一切俱已殘舊。雕花紅眠床顏色褪暗，一組當年想必最時新的沙發椅面崩壞、露出一圈圈彈簧，衣櫃面貼的昂貴的木質圖案浮揭起，有許多地方並已掉落。然在這殘舊的屋內，不知怎的仍存有一種旖旎風情，徘徊在明顯看得出是當年新嫁娘陪嫁的家具中。

王媽媽爬進屋內角落一口樟木箱，費力的打開箱蓋，一滿箱衣服，最上層是一件粉紅色的日式浴衣（ゆかだ，俗稱**Yukada**），那浴衣材質是真絲，老舊了的絲質粉紅色不再輕柔，粉紅也幾褪盡，成一種沉舊的屍白。

王媽媽極其小心捧起浴衣，下面是一件摺疊得極為平整的老式男人西裝上身，西裝裏還套著變黃的白襯衫，領口端整的繫著一隻花領結。

王媽媽將手輕放西裝上，好似一使力那衣裝便將化為灰燼。

關好樟木箱王媽媽抖開浴衣，那勉強仍稱得上粉紅色的長浴衣下端畫有一圈羽鶴，一隻接一隻展翅飛翔或回身啄翅，畫工高超線條栩栩如生，只顏色沉黯後，再栩栩如生的鶴，也老死在枯紅的布面上。

王媽媽將衣服擁入懷中，臉面貼著冷涼的真絲，有一會後，才將衣服披在肩膀處，爬回前廳棺木邊。

「這是お母樣成親那晚穿的ゆかだ……，你們現在叫睡衣。就穿那麼一晚，……

實在說，一晚都沒穿完，天未光，你お父樣被帶走，就換下來了……。」

王媽媽絮絮的同兒子說，一面將浴衣敞開，一隻袖子套入兒子放於身邊的右手臂。那身體已然僵硬，所幸日式浴衣袖子極為寬大，肩膀接處還留下另個開口，王媽媽沒什麼困難的套進手臂，再將衣服一點一寸從兒子平躺的身下塞過去。

兒子穿的是生前常穿的西裝，看不出胖瘦，俟手一觸摸，才感到兒子平躺的身軀下留著很大的間隙，那薄絲柔滑的順利穿過。

「怎麼瘦得這樣子呢！」王媽媽喃喃的朝兒子抱怨。

匍匐爬到棺木另一邊，王媽媽沒什麼困難的將浴衣從兒子身體下抽出。困難的是要套入已僵直的左手，一再嘗試不成功後，只有從化妝箱取出薄刀片，將肩袖縫合之處略拆開一些，由此開口套進兒子左手臂。

將整件浴衣拉好、衣襟拉齊，再縫好拆開之處，繫好衣帶，長浴衣便能遮蓋到兒子膝下，只露出一截寶藍色的西裝褲與皮鞋，而領口處的斜襟內，則露出打著紅領帶的白襯衫。

「你放心的穿去吧！這件ゆかだ很輕，穿著一點不累贅，放心的穿去吧！」

王媽媽坐在棺材邊，看著棺內留著西裝頭、一臉彩妝，西裝外罩著粉紅色的浴衣的兒子，安靜的端詳，眼中有著無盡的慈愛。

窗外隨著風勢，不寺傳來河畔演講會場麥克風擴散的講演與歌聲。〈黃昏的故鄉〉做為前後演講者中間的間奏——仍不時搖移過來開頭幾句歌聲：

叫著我　叫著我
黃昏的故鄉不時在叫我
叫我這個
苦命的身軀

王媽媽微微笑著凝視著兒子，那倦累隨著放鬆下來的心神蒙蒙的罩上，王媽媽閉上眼睛，也不知過多久，恍惚只是剎那，王媽媽猛地警醒過來，悚然張開眼睛。

「那會忘掉了呢！」

打開化妝箱第二層，裏面是一頂黑色假髮。

「不是你喜歡的長髮，但同樣是捲髮，有總比沒好，你說是不？」

將假髮為兒子戴好，一頭短捲髮遮去原來的西裝頭，原怪異的不倫不類不再，臉上紅紅白白的彩妝霎時有了歸屬，各就各位的找到了依附。

然兒子看來就此真正的陌生。

「敢還是你？」王媽媽遲疑的問：「你還在嗎？」

乾冰氤氳煙霧絲絲飄移，淺淺的在棺內游走，王媽媽低頭臨近的凝視，深深的回想那捲髮遮去的原西裝頭、彩妝遮去的原來臉面、襯衫領遮去的喉結、紅色浴衣遮蓋下的穿西裝長褲身體形樣，而後滿意的微微露出笑容。

時間過去，窗外斷續傳來的演講不再，飄來誦經聲，樓下守候的中年女人揚高聲音在問：

「王媽媽，就快放水燈了，妳準備好了嗎？」

「再等一下。」

王媽媽伸出手，輕輕的撫遍兒子全身，無盡慈愛的朝著說：

「放心的去吧！不免再假了，你好好的去吧！從此不免再假了！」

蓋好薄木棺材板，王媽媽拿起置於身旁的鐵鎚與鐵釘，對準棺木邊緣，重重的一鎚敲擊下去。

聲響引來雜沓奔跑上樓的腳步聲，王媽媽甚且不曾抬頭，繼續一鎚鎚的敲打下去，一面仍輕聲的一再說：

「……從此不免再假了，放心的去吧！……。」

由於不熟悉，鐵鎚敲落處，不一定擊中小小的一根鐵釘，不少次打到的是扶著鐵釘的指頭。

王媽媽全無感覺似的，繼續一鎚鎚、一根根鐵釘的接連敲打下去。不一會，鮮紅色的血，從指尖滲出，滴滴點點落在木質棺蓋上。

是夜

電視不斷插播黃昏時分延燒東區一棟大樓的災情，由於死亡人數逐步高增，已達六十幾人，隨著是夜來河畔參與那事件和平紀念會的人們，帶到了在場的羣眾間。

那場被認為是截至當時，單棟大樓死亡人數最高的大火，起火原因未明、火勢亦不見得特別大，只是在三、四樓悶燒。但由於整棟大樓屬密閉玻璃帷幕牆，濃煙隨中央空調迅即擴散到各樓層，死亡的人多數吸入過量濃煙致死。

女作家在等待放水燈前煩長的政治人物（反對陣營中的各級民意代表們）致詞中，到河畔一家小吃店買飲料，看到電視正插播這則新聞的最新狀況。

她先是訝異的發現，那失火所在，就是昨日與攝製錄影帶導演約見面的化妝師工作室大樓。隨後她從播報新送來的死亡名單中，聽到播報員就打出的字卡唸出那女化妝師的名字、職業、年齡、籍貫。

女作家張開嘴，整張臉陷於一種極致驚恐的扭曲中，發出一聲夾帶呻吟的尖叫。

播報員繼續播報，女化妝師從五樓窗口墜落，前額碰撞到地面流血昏迷，送醫急救無效，於半個多小時前死亡。播報員並覆述，先前已於火場中，發現起火時正由化妝師化妝的一名新娘，穿著一身新娘白紗禮服，連頭上罩紗俱全，被濃煙嗆死在工作室中。

不大的電視機畫面可見一個白衣、蓬裙的女人身影，倒在水漬濕的凌亂房中。基於媒體自律不曾正面拍攝，看不清新娘的臉，但可看出她全身完好、不曾遭到火燒，只是以一個十分怪異的姿勢、好似上半身全折向一旁的倒臥，等待著什麼似的。

播報員繼續説，據現場的消防人員稱，那新娘已化好一臉彩妝，全身穿戴整齊，不知何以不曾和化妝師一同企圖自安全門逃生，留在工作室內被濃煙嗆死，死亡時臉上安詳平靜，不見驚慌。

女作家伸出手撫住臉面，這回，尖叫聲卡在喉嚨裏成一聲呻吟。

立即臨上的是那化妝師上妝時、略粗糙帶硬度的指尖在臉上留下異物入侵的不快感覺。隨著清楚知覺化妝師已死亡，那略粗硬的指尖廝磨的接觸，便以無與倫比的清晰、一一重現於整個臉面四處。

彷若化妝師撫觸臉面的指尖方離手。

女作家感到整張臉細細的無所不在的抖顫起來。死亡於是成為化妝師的手留在臉上的印記，那般的真實與臨近。

「她怎麼可以這樣就死掉，她還這麼年輕，她怎麼可以這樣就死掉，她下午才告訴我，買了這輩子第一個房子，貸款都還沒有開始付呢！」

女作家紛亂的朝小吃店的老闆說。看來五十多歲的婦人「是啊！是啊！」同情的回應，然後因憂慮而顯陰沉的道：

「今日一定是歹日，才會冤氣那樣重，妳看，一死死六十幾個。我做囝仔時，就聽講二二八那陣，就在這所在，殺人殺得河水變紅色，死人丟入去河裏，浮起來時，一粒頭腫得三、四粒大，黑且凝血，滿面花彩彩。有的目珠、鼻、嘴給魚吃了，無鼻、缺嘴的滿滿是，整條河臭到總督府那邊攏聞有。」

然後婦人壓低聲音：

「死這多人，這多冤魂，快五十年攏無超渡，攏留在市裏無處去，走來走去四處找替身，當然一死死六十幾個，攏鬥陣叫叫去……。」

女作家匆忙付過錢，快步轉頭離去，仍聽那婦人朝身旁的人繼續在說：

「歹日，今天是歹日，才會冤氣那樣重，連未入厝的新娘，攏來叫叫去，親像鬼娶親，妝得好好水水才要去……。」

女作家快步朝聚會所在走去，那河岸照明原就不足，陰寒偶飄些小雨的夜無星無月，迎面的風夾帶河水的腥腥臭味。那河在多年環境污染後，夏天裏根本無法靠近，即便如此冷天，也有一股悶悶的穢氣，彷若堵塞著近半個世紀的臭味，依舊縈繞發散。

紛亂的思緒來到女作家心中。照時間推算，是日下午她最後一個上妝，化妝師替她化好妝後說要趕回去做新娘定妝，趕去赴的，事實上就是那場大火，那逃避不掉的死亡邀約。

她為什麼要那麼拚命工作（為了貸款都尚未付的房子），一個工作接另一個工作？她本可以留下來看那場她做造型的街頭劇，那麼她就會看到飾演林江邁的女演員，怎樣頂著她製造出來的額頭上傷口與一頭血紅的番茄醬（而不是她自五樓墜落，額頭觸地流血昏迷致死）。

女作家伸手撫摸自己臉面上的彩妝。

「那化妝師等於替我化好妝後一、兩個小時，便死了。」

整個著妝的臉面，有著密不透氣、窒息的封閉，皮膚為粉底隔絕與外在空氣的呼吸，悶悶的整個臉面都被蒙住。

「她生前最後一個化妝的是那新娘，可是新娘死了，我便成為她生前化妝的最後一個人……最後一個活人。」

「我這一臉彩妝便是由一個死了的化妝師化的。她死去了，我的妝卻還在。」

一陣毛骨悚然的驚悸湧上，女作家以手拭擦臉面，希圖能拭去彩妝。如若經那死去的化妝師化了妝後的便成為死人，一如新娘妝罷等待著的即是死亡，還有那妝成的林江邁與被射殺的圍觀民眾陳文溪，那麼自己這一臉化了彩妝的臉容，便也是死亡要的形樣？

慌亂中女作家感到手並不能拭去牢附臉上的粉，拿出一張面紙，用力拭擦，黑暗裏，也無從辨識究竟拭去什麼留到紙上，只感到那上得太勻稱的粉，有如另一張不透氣的皮、仍緊固的貼在臉上，能擦去的只是一層浮粉。

那彩妝彷若就此依附成為另張臉面，帶來毛骨悚然的恐懼，女作家全身遍起一陣雞皮疙瘩，甚且帶滿臉面。

立即來到心頭的是日間聽來的有關「死の寫真」。

祕密流傳的耳語像滾動的雪球，在夜間已然匯聚成那受難者的妻子，不僅用閨閣裏常用的針線刀剪，以納鞋的粗針穿著韌質的痲線來縫合迸開的傷口，更以她日用的化妝品，在錯線縫合處一針一線細細敷塗，以期以粉底蓋去線痕。

更有傳聞由於屍身遍體殘破，巧慧的閨閣女子，就廚房鍋子裏白米飯，壓捏搓揉成眼球大小的丸子，填進丈夫被尖刀戳去失散不見的左眼，好能使眼眶看來不致凹陷成窟窿。

傳言巨細靡遺的指出，為了使白米飯搓圓製成的眼球逼真，妻子還以眉筆在飯球中心畫上像瞳孔大小的黑仁做為眼瞳，希圖丈夫在陰間能以此視物。

而對子彈穿過留下開洞無從縫補的肌膚，據聞巧慧的妻子漏夜以石磨磨糯米製成糯米團，再加入一點節慶做紅湯圓的紅色料，調成粉粉的膚色。

妻子將柔軟延展性良好的糯米團壓成薄片，覆蓋在無以修補的傷口處，宛如一層新皮。

更有傳聞連丈夫被刑求「宮刑」剜去的生殖器，妻子也以此材料仿照捏塑。

如此，做妻子的以著對丈夫情深至極的記憶，重塑修補好丈夫的遺體，逼真安詳、完整無缺的拍攝成最後一組「死の寫真」。

女作家用力的一甩頭，企圖甩開那白米飯捏成的眼球與糯米團製成的睪丸陽具。而耳邊依稀傳來被風吹得零落的麥克風聲響，是個女人的哀泣。

會不會正在公開那批「死の寫真」？整天的活動已進入放水燈前的最後高潮？

（而果真有這樣的妻子，以此方式留下丈夫的遺容？

在那照片足以羅織罪名，有關當局能憑藉一張共同拍照的照片，按人像索驥的一一逮捕。在大量照片被燒毀以免擴大無謂牽連的其時，真有這樣的妻子，費盡心力，只求能留下丈夫的死亡圖像？）

而這人像，特別是這張臉，又果真能串聯起怎樣的認同？個人或集體的某種記憶？

驚懼中女作家拿出新的面紙繼續拭擦，剎那間，她觸及並意識到兩道經由化妝師以剃刀剃過修飾的眉。

女作家頹然放下手。

就算她能拭去彩妝，拭不去的還有化妝師方為她修剃定型的眉，那依化妝師意願修過的眉形，不更是一種持久的印記，牢固深刻的銘印，好做為與死亡之間的牽引！

一時之間，女作家感到那近五十年前冤死在河畔，至今仍遊蕩的冤魂，都由著這剛死去的化妝師修剃做印記的雙眉牽引，紛紛的朝著湧流來。

在那無星無月冷風絲絲迎面鑽拂的陰黯河畔，女作家一身冷汗朝前不遠燈火明亮處的演講台快跑過去，心裏呼喚著：

那超渡冤魂的誦經放水燈，怎麼不趕快開始。

王媽媽坐在一張籐椅，由四個看來是都市勞工階級的粗壯中年男人抬著進會場，台上的演講、致詞已近尾聲。

司儀透過麥克風向羣眾介紹來到現場的王媽媽，立即遍響起一陣熱切的掌聲。司儀解釋，原安排王媽媽講幾句話，但她適逢子喪、身體不適不克上台，但放水燈將由她帶領，以酬謝王媽媽以一個受難者家屬，長年對民主運動的貢獻，及參與籌備這次紀念活動。

場內又響起一陣更熱切、持久的掌聲。

王媽媽癱在籐椅內，她的整個身體由於如此削瘦，皺縮作一團，便空空蕩蕩的只夠塞在籐椅一角。而且她似乎已然用盡所有的力氣，連坐都無從坐住，在籐椅內不斷溜下來，得由兩旁一直跟隨著的中年女人，自腋下攙扶住。

她的臉面有一種如釋重擔的空茫，甚且沒有悲哀，掌聲響起之際，也不見有回應。在身旁兩個女人提示與協助下，方舉起手做招呼，她的左手手指纏滿紗帶，鮮紅色的血，仍不斷的在滲出，染紅了白色的紗帶，便似飽含鮮血的血手指，隻隻腫脹數以倍計。

已臨十一點，台上司儀在〈黃昏的故鄉〉音樂伴隨下，做紀念晚會最後收場。身為受難者家屬的司儀，以著她溫婉的聲音，綜結是夜的講演，真正是如泣如訴的說：

「近五十年來，這是咱第一次能公開弔祭二二八受難者，千千萬萬屈死的冤魂，終不再背負種種不實的罪名，以本來面目面對歷史，洗清冤屈，見證台灣外來者統治宿命的悲情。咱，做為受難者家屬，終能將這近五十年來暗藏的苦痛，公開的、正式的說出來，不免再假，不免再說謊，假裝沒這個事發生、咱的親人不被殺、被關；不免再假說咱心不碎、不怨恨、不苦痛。今晚，咱終能大聲說出咱的悲情、咱的血淚，今晚，代表的是謊言結束、公義開始，咱要繼續努力、打拚，一個新的時代，台灣人做主、不再受壓迫的新時代，才會開始……。」

台下的羣眾，則經由帶領，秩序井然的朝河岸下游方向移動。走在最前面的是兩列出家人，他們屬一個新興的佛教團體，一向熱中參與街頭運動。剃光頭的師父們身著黃色僧衣、外披猩紅袈裟，雙手胸前合掌口誦佛號。一行火紅的身影，在無星無月的暗夜下，只憑藉演講台傳來的微弱光亮，黑暗中的紅影，特別含帶血腥，隱藏著重重罪愆冤孽似的。

緊跟著的，是坐在籐椅內由四名粗壯男子抬著的王媽媽，為讓她能坐穩不致滑溜下去，他們將椅子前端抬高。王媽媽手中，捧著一只蓮花燈。

王媽媽身後，兩人分抬一只巨型水燈。以竹和紙做成的一幢華宅，有五、六尺高，白紙糊成，但屋簷起翹青瓦碧綠，正面高門巨窗，柱上雕梁畫棟，以五彩色紙貼剪裝飾，才添些許熱鬧。只這華宅無有門扇，門處是個大開口，可見裏面一無陳設，中心插一根粗大白蠟燭，地面上鋪一厚厚冥紙。白色為主的華宅水燈，在陰暗中，一團森森白影。門楣處一張橫匾，墨汁淋漓的幾個字——

「二二八事件冤魂」

跟隨著這大型水燈，方是長列遊行隊伍，有人懷抱死難親友遺像，有的手捧水燈：或蓮花、或屋宅造型，都只有一、兩尺大小。水燈尚未點燃，原灰撲撲的遺像幾辨不出人影，這一長列人羣，便在暗夜裏哀淒靜默肅穆的朝前。

河畔下游水門處，道士們早已設壇祭拜誦經超渡，火把加上電池大型燈光的照明，道士們身著繁複彩繡的道袍白晃晃的耀亮。整個祭壇在黑暗的河畔，真可做為四方的接引，從遠處便可見的華光。

十一時正，放水燈開始，手持水燈的家屬們，站滿河畔，最先被放入水中的是那只上書「二二八事件冤魂」的巨型水燈，紙糊的白色華宅站在一塊木板上，屋內蠟燭已經點燃，由幾個男人抬入水中，穩穩的放在水面上、再推向河中央。

那屋宅彩樣的水燈內燃著溫馨的燭光，便緩緩的浮流在全然黑暗的水面上，像一個點上燈的家，溫暖的召喚未歸人，靜謐玄妙安寧，恍若真可牽引那近五十年來仍四處徘徊無處依歸的二二八事件冤魂，引領著他們隨著亮光來接受超渡，好能早日脫離苦海冤孽。

人羣齊注視著漆黑河面上那浮流的神奇華光，紛紛有了嘆息和低泣。

王媽媽在那大型華宅水燈漂流向河中央時，放下她手中的蓮花燈。尺來高的小小蓮花，開展著白色和粉紅色的薄紙重瓣膜，在中心燭光照亮下散發著粉粉的柔紅，無盡的思念、無邊的包容，只瓣瓣是滴滴的血淚。

受難者家屬們也一一將水燈放入河中，一時，岸邊水面上浮著上百盞蓮花、屋宅水燈。一幢幢小小上燈的屋宅，是開啟一扇扇大門的人家，來迎待未歸的家人；而一朵朵象徵贖罪、接引的蓮花，在水面上遍遍開展，像黑暗的地獄之水上長滿遍體光華的蓮花，只要踩著這朵朵心蓮，便能一步步通向歸家的路、通向光明與救贖的所在。

誦經的誦唸與法器敲擊聲持續，夾雜著受難者家屬的呼喚：

「×××，來啊，認路來超渡，還汝清白，早日歸天，×××，來啊！認路……。」

然岸邊水流幾近靜止，流速極小，小盞小盞的蓮花、屋宅水燈，在近岸處載浮載沉，無能向下游漂去。只那盞召喚全體二二八事件冤魂的大型水燈，入水時由人在水中先帶離岸邊至水流中央，方能隨河水流動的水流，向下游行去。

計是與河岸的距離拉長，那大盞水燈感覺中愈走愈慢，便有若整個屋內已逐漸裝載滿循光前來的冤魂，愈來愈顯沉重。而後，該是蠟燭燒至紙屋內堆疊的冥紙，乍然間好似來一把天火，火苗竄起，整棟屋宅陷入一片火海，迸發的火星火苗，將鄰近河面映照得光明輝耀，好一幅功德圓滿的化昇之勢。

在眾人皆凝目注視那身繫二二八事件全體冤魂的大型水燈，火樹銀花般的起火延燒時，沒有人留意到王媽媽如何將整個身體仆向水面。

直到身體重量觸及水面噗一聲巨響並濺起大片水花後，身邊才有人驚覺移回視線，王媽媽已整個臉面、前身浸入水中。就近幾個人慌忙下水將她扶起，有人一試鼻息，大聲呼叫：

「沒氣了，沒氣了，……快急救。」

將王媽媽平放於岸邊，慌亂中呼喊醫生、要人羣移開的雜沓聲中，全身濕漉的王媽媽，蓄留的水珠在多皺紋的臉面上縱橫滑落，像串串永不枯竭的珠淚，然她雙眼安詳闔閉，嘴角還若隱若現一絲微笑。

「看，她都沒吸進水，也沒被水嗆到，一定是先昏倒才栽落水，要不然，就是先閉住氣，沒呼吸了才落水。」人羣中紛紛有人說。

倏然迸出一聲淒厲的慘嚎，是那幾天來一直伴隨王媽媽的中年女人，慘呼一聲「王媽媽」後，哽咽的斷續哭訴：

「我看伊的蓮花燈，……燈上寫四個人的名字，伊大伯、伊尪、伊子，還有伊自己的名……我早就該知影，代誌不好……一定會出代誌……。」

有人跑上前來，粗魯拉開哭嚎的女人，扶起王媽媽要施行人工呼吸。負責錄影帶，製作的導演扛著機器趕快閃避一旁。

卻是無意中抬起頭來，負責錄影帶製作的導演，看到王媽媽先前放的、滯留在岸邊的那盞蓮花燈，隨著王媽媽仆身倒向水裏的拍打力量，得以脫離岸邊死水，躍浮到水流流動的深水處。小小的蓮花燈，便好似以王媽媽相許的生命換來的力量，輕靈的躍接上新覓得的活水源流，以相當速度，順捷的向下游行去。

先前那只大型豪華水燈已燃盡，黑暗的河面上，只見這一盞小小的蓮花燈，散發著夢幻般柔柔粉光，如此孤寂靜謐，但又如此神奇玄妙的帶頭前行，浮游向冥冥之中奧祕的未知所在。

淚眼模糊中，負責錄影帶攝製的導演扛起機器對準那水燈，想拍下這靈密的景致，然他立即發現，那小小蓮花燈的熒熒光亮，鏡頭錄下的將只是一片黑暗。

李昂創（編）作年表

創

書名	文類	版本
混聲合唱	短篇小說	一九七五 華欣文化事業
羣像	訪談錄	一九七六 大漢出版社
人間世	短篇小說	一九七七 大漢出版社
愛情試驗	短篇小說	一九八二 洪範書店
殺夫	中篇小說	一九八三 聯經出版公司
女性的意見	專欄選集	一九八四 時報出版公司
她們的眼淚	短篇小說	一九八四 洪範書店
花季	短篇小說	一九八五 洪範書店

暗夜	中篇小說	一九八五 時報出版公司
外遇	社會調查報告	一九八五 時報出版公司
走出暗夜	專欄選集	一九八六 前衛出版社
一封未寄的情書	短篇小說	一九八六 時報出版社
貓咪與情人	散文集	一九八七 時報出版公司
年華	中篇小說	一九八八 時報出版公司
迷園	長篇小說	一九九一 貿騰發賣股份有限公司 現由麥田出版
甜美生活	短篇小說	一九九一 洪範書店
李昂說情	專欄選集	一九九四 貿騰發賣股份有限公司
禁色的暗夜	中篇小說	一九九九 皇冠出版社

自傳の小說	長篇小說	二〇〇〇	皇冠出版社
漂流之旅	長篇小說	二〇〇〇	皇冠出版社
愛吃鬼	美食雜文	二〇〇二	一方出版社
看得見的鬼	長篇寓言小說	二〇〇四	聯合文學
花間迷情	長篇小說	二〇〇五	大塊文化
鴛鴦春膳	長篇飲食小說	二〇〇七	聯合文學
七世姻緣之台灣/中國情人	長篇小說	二〇〇九	聯合文學
愛吃鬼的華麗冒險	旅行美食札記	二〇〇九	有鹿文化
路邊甘蔗眾人啃	短篇小說	二〇一四	九歌出版社
附身	長篇小說	二〇一五	九歌出版社
李昂的獨嘉美食	旅行美食札記	二〇一四	嘉義市政府文化局

在威尼斯遇見伯爵——李昂的極致美食之旅　旅行美食札記　二〇一六　有鹿文化
睡美男　長篇小説　二〇一七　有鹿文化
我的蘭陽米其林　美食札記　二〇一八　宜蘭文化局
密室殺人　長篇小説　二〇二〇　有鹿文化
尋根：國際名廚Nobu的真味信念　名廚傳記　二〇二二　平安文化

編

書名	文類	版本
六十七年短篇小說選	短篇小說	一九七九 爾雅出版社
愛與罪——大學校園內的性與愛	小說合集	一九八四 前衛出版社
鏡與燈	報導文學	一九八四 中國文化大學出版社
九十年小說選	短篇小說	二〇〇二 九歌出版社
九十六年小說選	短篇小說	二〇〇八 九歌出版社

九　歌　文　庫　1　4　1　6

北港香爐人人插（25 週年增訂新版）

國家圖書館出版品預行編目（CIP）資料

北港香爐人人插 / 李昂著 . -- 二版 .
臺北市：九歌出版社有限公司 , 2023.10
面；　公分 . -- (九歌文庫；1416)
25 週年增訂新版
ISBN 978-986-450-604-0（平裝）

863.57　　　　112014685

作　　者——李昂
創 辦 人——蔡文甫
發 行 人——蔡澤玉
出版發行——九歌出版社有限公司
臺北市八德路 3 段 12 巷 57 弄 40 號
電話／ 25776564 傳真／ 25789205
郵政劃撥／ 0112295-1

九歌文學網　www.chiuko.com.tw

印　　刷——晨捷印製股份有限公司
法律顧問——龍躍天律師 ・ 蕭雄淋律師 ・ 董安丹律師
增訂二版——2023 年 10 月
本書曾於 1997 年由麥田出版公司印行

定　　價——380 元
書　　號——F1416
I S B N——978-986-450-604-0
978-986-450-610-1（PDF）